Martina Junk

Wo der Wald beginnt

Roman

Mehr über unsere AutorInnen und Bücher:
www.edition-w.de

Die Deutsche Nationalbibliothek verzeichnet diese Publikation in
der Deutschen Nationalbibliografie; detaillierte bibliografische Daten
sind im Internet über http://dnb.d-nb.de abrufbar.

ISBN 978-3-949671-13-5
© Edition W GmbH, Neu-Isenburg 2024
Umschlaggestaltung: Michaela Spohn Design
Satz: Publikations Atelier, Weiterstadt
Druck und Bindung: Pustet, Regensburg
Printed in Germany

1

Anne hat mich eingeladen, ob ich kommen möchte, hat sie gefragt, sie würde sich freuen und ich habe ja gesagt, warum nicht und wann denn. »Bald«, hat Anne gesagt, solange der Sommer noch so schön sei, überhaupt sei alles bei ihnen so schön und wir könnten in den Wald gehen oder schwimmen oder die Sterne betrachten, denn es werde ja richtig dunkel bei ihnen. Und der Wald sei ein richtiger Waldgürtel, kilometerlang, praktisch endlos.

»Ich passe abends mal auf Emma und Friedrich auf und du gehst mit Sebastian aus«, habe ich vorgeschlagen und habe es auch ernst gemeint, aber eigentlich habe ich es gesagt, weil ich dachte, dass Anne sich das wünscht und ich es ihr leichter machen wollte. Ich jedenfalls würde mir wünschen, abends mal wieder in Ruhe wegzugehen, ich kann mir nicht vorstellen, mitten auf dem Land und tief im Wald zu wohnen, ohne jemanden zu kennen außer meiner Familie.

»Oh ja«, hat Anne gesagt. Begeistert klang sie nicht.

»Oder wir gehen im Wald spazieren«, habe ich gesagt. Ich komme selten in den Wald, wir müssen weit fahren, um in einen richtigen Wald zu kommen, und die Vorstellung, stundenlang durch etwas anderes als einen Park zu gehen, gefiel mir.

»Das machen wir«, sagte Anne.

»Ist alles in Ordnung?«, habe ich gefragt.

»Wieso soll nicht alles in Ordnung sein«, hat Anne zurückgefragt und ich fand, da war so eine Schärfe in ihrer Stimme.

Ich stelle mir ihr Leben einfach vor, einfach im Sinne von leicht und unkompliziert. Sie muss sich nicht täglich entscheiden, ob sie Sushi isst oder italienisch oder arabisch oder indisch. Oder vegan. Ich habe bei zu viel Auswahl immer das Gefühl, das Falsche gewählt zu haben. Vielleicht hätte es etwas gegeben, das besser zu mir gepasst hätte. Etwas, das mich viel glücklicher gemacht hätte. Es gäbe einen einzigen Bäcker bei ihr im Ort, hat Anne erzählt. Sonst nichts. Sie habe dort mal Kaffee getrunken und ihre Nachbarin Ingrid sei hereingekommen. Anne hat ihr beim Brotkaufen zugesehen und Ingrid Anne beim Kaffeetrinken und als sie sich eine Stunde später in ihren Vorgärten wiederbegegnet sind, hat Ingrid gefragt: »Ist deine Kaffeemaschine kaputt?«

Am Abend vor meiner Abfahrt sind Richard und ich noch in das Sushi-Restaurant gegangen, in dem wir oft essen. Am gleichen Tag zwei Wochen später haben wir Paul gefunden. Genau genommen habe ich ihn gefunden. Ich versuche, nicht daran zu denken, wie es wäre, wenn ich ihn nicht gefunden hätte, und wahrscheinlich denken die anderen auch daran, ständig, so wie ich. Man macht die merkwürdigsten Sachen, wenn man irgendwo dazugehören möchte, das hört nicht auf, auch wenn man meint, erwachsen genug zu sein, um nicht unbedingt dazugehören zu wollen. Es ist nicht leicht, außerhalb von etwas zu stehen. Darum war Paul dann auch auf einmal weg. Der war durch mit allem. So wie hier in Berlin auch viele Leute durch sind mit allem. Aber die findet niemand und die sammelt niemand auf, weil sie an den Häuserwänden und in den U-Bahn-Schächten liegen, als gehörten sie dorthin, und weil man sich daran gewöhnt hat, dass sie dort liegen. Als sei es weniger besorgniserregend, an einer Hauswand zu liegen als im Wald. Als sei das in Ordnung.

Sebastian kann froh sein, dass wir nochmal rausgegangen sind, obwohl er nicht wollte, dass wir rausgehen. Ich weiß nicht, wie tief er mit drinsteckt, und es geht mich auch nichts an.

Das Kanpai ist klein und eng, und eigentlich sind auch die Tische zu klein für die Portionen und die Kellner und Gäste wimmeln durcheinander und wenn man einen Platz gefunden hat, kann man dem Gewimmel zusehen und obwohl es so eng ist, sind alle entspannt und keiner gereizt. Sie haben eine übersichtliche Speisekarte, auf der sofort zu sehen ist, worin sich die Gerichte unterscheiden. Ich bestelle veganes Sushi, ich bin da aber inkonsequent, ich probiere von Richards Sushi mit Thunfisch und ich trage auch Lederschuhe. Die Gerichte liegen in geräumigen weißen Schalen und sind angerichtet wie ein Kunstwerk, es beruhigt mich, so etwas anzuschauen, ebenso wie mich der schwarzbraune Tisch beruhigt, die Gläser mit Ingwertee, in denen ein Zitronengras steckt, das Gemälde an der Stirnseite des Raumes, blühende Kirschbaumzweige, braun, weiß, zartes Rosa, grün. Algen, Reis, Lachs und Gurke. Wir reden nicht viel beim Essen. Vom Reden beim Essen kann man nicht auf die Qualität einer Beziehung schließen. Stille kann viel vertrauter sein als Reden.

Nach dem Essen gehen wir zurück in unsere Wohnung. Vor einiger Zeit sind wir noch häufig U-Bahn gefahren, einfach irgendwo eingestiegen, ein paar Stationen gefahren und irgendwie kamen wir immer zu Hause an. Ich fahre jetzt nicht mehr so oft U-Bahn. Die U-Bahnen und die Bahnhöfe sind unangenehm geworden, eine eigene Welt, abgeschieden und unbehaglich für jeden, der nicht dazugehört. Manche Typen sind in Gruppen unterwegs, manchmal sind sie allein und ich muss meinen Blick unter Kontrolle behalten, damit sich nicht zufällig ein Blickkontakt ergibt, denn da sind lauter Augenpaare, die darauf warten, meinen Blick zu fangen und ich kann nicht jeden anschreien, er solle nicht so glotzen und mich in Ruhe lassen.

Ich mag die Spaziergänge mit Richard. Wir laufen nicht Hand in Hand oder Arm in Arm, aber wir gehen, als berührten wir uns. Es ist immer so, wenn wir zusammen eine Strecke laufen, es kommt automatisch, wir pendeln uns aufeinander ein und es fühlt sich gut an, so neben Richard durch Berlin zu gehen. Die Hauswände und die Gehwegplatten sind aufgeheizt von der Sonne und strahlen die Hitze ab. Sie werden morgen bei Sonnenaufgang immer noch warm sein und sich im Laufe des Tages weiter aufheizen. Selbst der Wind, der manchmal aufkommt und zwischen den Häusern hindurchzieht, ist heiß und trocken. Nirgendwo oberhalb der Erdoberfläche ist es kühl, nur in Kellern oder U-Bahn-Schächten.

Wir gehen bei Jan vorbei und kaufen ein paar Nudeln. Er hat einen Laden für Zero Waste und Less Burden. Er verkauft unverpackte Sachen. Ich bewundere, was Jan aufgebaut hat, ich kaufe oft bei ihm. In seinem Laden sieht es immer aus, als fehle etwas, alles ist beige oder braun und aus Glas, Holz oder Metall. Es fehlen die grellen Farben, die Schriftzüge und Markennamen. Bei Jan bleibt alles beige und still. Man betritt sein Geschäft und befindet sich unmittelbar vor Buchweizen, Erbsen und Lupinen. Oder vor der Wurmkiste, einem Heimkomposter mit Regenwürmern.

Jan redet gern von seinem Geschäft und seiner Idee. Eigentlich immer. Er schafft es, egal welches Thema zu seinem zu machen.

»Und habt ihr schon Urlaub geplant?«, fragt er, als er unsere Nudeln abwiegt.

Das sagt eigentlich keiner mehr, denn das ist noch ein Überbleibsel aus einer anderen Zeit, als es noch dazugehörte, drei Wochen nach Ibiza oder Santorin zu fahren, das war ja ein richtiges Statussymbol so wie das Autowaschen am Samstag, und es musste jeder unbedingt braungebrannt wiederkommen und je brauner jemand war, desto besser war der Urlaub gewesen. Jetzt fragt eigentlich niemand mehr nach dem Urlaub, und es fragt auch keiner, wenn jemand umzieht »Gekauft oder gemietet?«, denn natürlich ist es gemietet und in den Urlaub fahren auch viele nicht mehr, jedenfalls nicht so weit und nicht so lang. Gerade darum ist es eine Frage, die eigentlich niemand mehr fragt. Fragen sollte. Manchmal denke ich, Jan sagt so etwas, um uns wissen zu lassen, auf welcher Entwicklungsstufe der Nachhaltigkeit wir seiner Meinung nach stehen. Irgendwo in den 1980ern. Ich glaube, er will damit nur verdeutlichen, wie viel Nachholbedarf wir noch haben. Dabei haben wir kein Auto. Wenn wir wirklich ein Auto brauchen, leihen wir uns eines. Ich habe mir auch schon Bohrmaschinen ausgeliehen oder ein Motorrad oder ein Kleid, als wir mal zu einer Hochzeit eingeladen waren. Man muss nicht immer alles besitzen.

»Ich fahre ein paar Tage zu einer Freundin aufs Land, mit der Bahn«, sage ich und Jan muss gleich wieder etwas Grundsätzliches daraus machen. Er muss gleich wieder moralisch aufladen.

»Mit dem Zug aufs Land, das ist gut. Fernreisen, wer kann das denn noch verantworten. Ein paar Tage raus, ob du das nun auf den Malediven machst oder hier, für die Erholung ist es das Gleiche und es ist besser, wenn du nicht so weit fährst.«

»Eigentlich will ich bloß eine Freundin besuchen.«

»Freundschaften pflegen, das ist super. Das rechtfertigt auch mal eine weitere Fahrt.«

»Soll ich deinen Bienen eine Freundin mitbringen?«, frage ich. Er hält auf seinem Balkon nämlich Bienen und obwohl er im Internet einen pastellgrünen Imkeranzug gekauft hat und obwohl er betont, Bienen seien nicht aggressiv, hat er jedes Mal, wenn wir ihn treffen, mindestens acht Stiche.

»Das lass mal lieber«, sagt er. »Die würde sich hier nicht wohlfühlen, sie muss in ihrer Umgebung bleiben.«

»Täte ihr doch gut, wenn sie mal rauskäme«, meint Richard. »Bisschen was erleben.«

Jan fängt an, einen Vortrag zu halten über Balkone, Dachterrassen, Gärten, auf denen sich Bienen wohlfühlen, ja, auch Friedhöfe, denn dort gäbe es keine Pflanzenschutzmittel, jedenfalls nicht so viele wie auf dem Land. Der Gedanke, die Stadt mit Bienen zu teilen, gefällt mir. Er beruhigt mich. Als würde sich alles schon irgendwie regeln. Jan hat mich mal eingeladen und ich durfte den Bienen zuschauen. Sie flogen weg, wann sie wollten, wussten, wohin sie zurückkehren konnten, sie lebten zusammen und waren nicht nur ein Schwarm, wie bei den Fliegen, sie waren ein Volk und das hatte etwas geradezu Großartiges. Sie kamen angeflogen mit gelben Ballen an den Beinen.

»Pollenhöschen«, hat Jan gesagt. »Die Bienen sind ganz schwerfällig davon, die sind froh, wieder zu Hause zu sein.«

Tatsächlich wirkten die Bienen erschöpft von ihrer Last.

Zu Hause ziehen wir uns aus und duschen. Ich lasse Wasser über Richards Schultern laufen, über seinen Kopf, es fließt über sein Gesicht und er schließt die Augen. Das Wasser rinnt über seine Nase und seinen Mund. Er steht ganz ruhig und prustet ein wenig. Das Wasser ist lauwarm. Es läuft über meinen Rücken, meine Brust. Wir stellen uns nah zusammen und das Wasser strömt an uns herab. Wir lassen es auf der Haut trocknen. Es ist so heiß, dass ich trotzdem nicht friere. Wir gehen zu Bett und ich überlege, ob es schon begonnen hat, ob er schon auf sein Projekt konzentriert ist und ich überlege, ob ich es herausfinden soll. Ich liege auf dem Rücken und versuche zu hören, ob er schon schläft. Ich drehe mich auf die Seite und denke, ich möchte, dass er seine Hand zu mir ausstreckt und auf meine Brust legt. Ich versuche, meine Gedanken zu ihm zu schicken. Fass mich an, denke ich. Auf der Straße fährt ein Auto vorbei. Eine Autotür klappt zu. Eine Frau lacht. Fass mich an. Der Schall fängt sich zwischen den Hauswänden wie in einem Tal. Er ebbt zu uns hoch, dann ist es still. Strecke deine Hand aus und berühre mich, denke ich. Über uns geht jemand. Es ist ein altes Haus mit Holzfußboden und eine Bodendiele quietscht, man könne da nichts machen, sagt Rudi. Er ist unser Hausmeister. Wir sollen einfach die Klappe halten, meint er, und den Eigentümer nicht noch auf Ideen bringen. Er könne das Haus auch gern kernsanieren, dann quietsche nichts mehr, nur wir, wenn wir die neue Miete sähen.

Richard bewegt sich.

»Kannst du nicht schlafen?«, fragt er.

Richard ist nicht zu kühl und nicht zu warm, gerade richtig, und er riecht frisch geduscht, aber nicht zu sehr und es ist alles genau richtig. Später schreit jemand auf der Straße, es ist eine Männerstimme und ein anderer Mann schreit zurück. Durch das geöffnete Fenster dringt die Hitze und ich liege hier mit Richard im vierten Stock und der einzige Zugang zur Straße da unten ist die Haustür, und zwischen unserer Wohnungstür und der Haustür liegt das lange Treppenhaus. Morgen bin ich bei Anne und ich vermisse schon jetzt den Straßenlärm. Morgen bin ich irgendwo mitten im Wald.

Gegen das eigene Kopfkino kann man nur wenig ausrichten und gegen das der anderen noch viel weniger. Wenn ein Drehbuch in einem Kopf erst einmal Platz gefunden hat, lässt es sich nur schwer gegen ein anderes austauschen. Paris zum Beispiel ist nicht einfach nur eine Stadt. Ich bin mit Richard mal ein paar Tage nach Paris gefahren und als ich vorher erzählt habe, wohin wir fahren, hat jede meiner Freundinnen irgendetwas gemacht. Gelacht oder »oh là là« gesagt oder vielsagend geguckt. Es gibt noch mehr solcher Worte, bei denen der Film im Kopf losgeht. Plattenbauten zum Beispiel. Oder Wolf.

2

Dörfer sind mir immer suspekt gewesen. Das fällt mir ein, als der Zug die Stadt verlässt und ich die ersten Felder sehe. Ich hatte mich so auf den Wald gefreut, dass ich das mit den Dörfern vergessen habe. Meine Mutter ist mit mir in den Sommerferien aufs Land gefahren. Urlaub auf dem Bauernhof, weil sie der Meinung war, ich müsste das Landleben kennenlernen.

»Du musst mal Erde unter den Füßen haben, nicht bloß Steine«, meinte sie. Wir sind immer auf denselben Bauernhof gefahren. Wahrscheinlich hatte sie da Rabatt bekommen. Zehn Tage für sieben Jahre zwanzig Prozent billiger. Die Familie, bei der wir wohnten, hatte drei Kinder, Franziska, Sabrina und Lukas, und eigentlich sollten sie uns nach so vielen Urlauben doch kennen. Aber wenn meine Mutter sie ansprach, rückten sie zusammen wie eine Herde verschreckter Schafe. Wenn ich mit ihnen allein war, weil ich mit ihnen draußen spielen sollte, verhielten sie sich ganz anders. Vielleicht waren sie auch konsequent und verändert hatte sich nur die Situation.

»Fass mal an, ist ganz weich«, sagten sie.

»Habt ihr sie noch alle?«, habe ich gesagt, denn vor uns wuchsen hohe Brennnesseln.

Wenn ich etwas gesagt habe, war es, als hätten sie die Wörter verstanden, aber nicht den Sinn. Jedenfalls nicht den Sinn, den ich meinte. Und ich habe einen anderen Sinn verstanden, wenn sie geredet haben. Die Bäuerin hat zum Beispiel mal gesagt, sie habe sich ein Kleid genäht und ich habe sofort an den Laden in

Berlin gedacht, in dem man nähen lernen kann, zusammen mit anderen, man kann Chai dazu trinken oder Gunpowder oder auch Wein. Es gab Regeln in diesem Dorf, die ich nicht kannte, Erinnerungen und Erzählungen, jedes Dorf hat eigene. Und sie wirken. Es gibt ungeschriebene Gesetze, mit wem man redet und mit wem nicht. Es gibt geschlossene Fenster und Gardinen und hinter jeder Gardine möglicherweise jemanden, der beobachtet und beurteilt und Beobachtung und Urteil weiterträgt.

Wenn ich durch ein Dorf gehe, durch leere Straßen, durch die nur ab und zu ein Auto fährt, frage ich mich, was hinter den Gardinen geschieht, auch in Dörfern geschehen furchtbare Dinge. Ich schätze, jedem fällt irgendein Ort ein, von dem man noch nie vorher gehört hat und der auf einmal in den Nachrichten auftaucht, weil dort etwas Schreckliches geschehen ist. Jedes Dorf ist eine eigene Welt, es gibt kein Vergessen, weil jeder jeden kennt und die Eltern von jedem und die Eltern der Eltern und wenn man neu anfangen möchte, bleibt nichts anderes übrig, als weit weg zu gehen. Wenn ich in Berlin durch die Straßen gehe, haben die Fenster keine Augen, sind die Fenster keine Augen, es sind einfach Fenster, hinter denen Menschen leben.

Anne und ich kennen uns schon lange, noch aus der Schulzeit. Sie hat mir immer das Gefühl gegeben, die Dinge, die in meiner Familie wichtig waren, seien gar nicht so wichtig. Sich nicht über den Tisch ziehen lassen. Sich nicht übervorteilen lassen. Und bloß nicht nach Hilfe fragen. Für Anne galt so etwas nicht. Sie konnte darüber nicht nachgedacht haben, denn sie verhielt sich schon als Kind so. Wenn wir mit anderen Kindern spielten und gerade so richtig eingespielt waren und jeder wusste, was seine Rolle war und was es zu tun gab und es kam mitten im tiefsten Spiel ein anderes Kind hinzu, dann machte sie einfach weiter, als sei dieses neue Kind jetzt ganz selbstverständlich Teil des Spiels. Sie hielt noch nicht einmal inne, um zu überlegen, was mit diesem Kind nun anzufangen sei. Es war da, also konnte man es nicht wegschicken. Das Verwunderliche war, dass kein anderes Kind auf die Idee kam, das neue Kind fortzujagen. Niemand sagte »Wir wollen alleine spielen«. Ich habe das mal erlebt, als ich bei einer Nachbarin war. Ihre Tochter Sophie spielte mit einem Finn, als ein drittes Kind an der Tür klingelte. »Ich spiele gerade mit Finn«, hatte Sophie gesagt und ihre Mutter hatte das zuverlässig an das Kind weitergegeben – »Sophie spielt gerade mit Finn.« – und das dritte Kind weggeschickt.

»Warum hast du es denn nicht einfach in die Wohnung gelassen?«, habe ich gefragt und die Mutter sagte, das Spiel zu zweit sei wichtig und Sophie und Finn hätten das Recht, auch einmal nur zu zweit zu spielen.

Ich habe mir vieles von Anne abgeschaut. Einmal in der Schulpause haben wir im Kreis auf dem Rasen hinter der Turnhalle gesessen und sie hat Joghurt gegessen aus einem Becher. Sie hatte immer so großzügige freie Bewegungen und mit einer dieser Bewegungen hat sie den Deckel aufgezogen und den Löffel in den Becher getaucht und irgendwie haben wir alle zu ihr hingesehen, wie sie diesen Joghurt gegessen hat. Sie hat gemerkt, dass wir sie anschauen, und gefragt, ob wir auch davon wollten, und dann hat sie den Joghurt Kenzo gegeben, der neben ihr gesessen hat, und so hat der Joghurt die Runde gemacht und am Schluss hat sie ihn in aller Ruhe ausgelöffelt. Ich wollte auch so großzügig sein wie sie und ich wollte auch so freie Bewegungen machen können wie sie. Anne schien aus einer Fülle zu kommen, die mir fremd war, sie schien von allem reich zu haben und ihr schien es an nichts zu mangeln. Nie. Es war mehr eine Frage der Haltung als der tatsächlichen Menge und bei diesem Joghurt habe ich begriffen, um wie viel schöner es sein kann, gemeinsam weniger als allein viel zu haben. Dass es eigentlich genau darauf ankommt und dass der Schaden, den man anrichtet, wenn man ein Kind wegschickt, viel größer ist, als wenn man es mitspielen lässt. Weil es ja nun mal da ist. Und weil man selbst in anderen Situationen auch einfach da ist.

Manchmal denke ich, die Wohnung in Schöneberg war kein Zufall. Wir haben uns auch andere Wohnungen angesehen und die waren auch schön, schöner sogar und manche größer und letztendlich ist es doch die in Schöneberg geworden, weil ich in Schöneberg wohnen wollte. Ich mache mir keine Illusionen. Ich bin nicht so großzügig und tolerant wie Anne. Ich will die Vielfalt und die Gay Community um mich haben, damit ich mich so fühlen kann wie Anne. Damit ich so tun kann, als sei ich so tolerant wie Anne.

Annes Mutter ist Architektin und ihr Vater ist Kulturwissenschaftler und wenn ich Anne besuchte, waren immer irgendwelche Leute aus irgendwelchen Ländern da. Indien, Pakistan, Afghanistan. Dann, weil Annes Vater irgendein neues Forschungsprojekt begonnen hatte, aus Peru oder Chile. Bei uns kam höchstens die Verwandtschaft meiner Mutter aus Weimar. Manchmal durfte ich bei Anne zu Abend essen und ich saß dann zwischen den Gästen am Tisch und hörte der fremden Sprache zu, den Lauten, ihrem Lachen und fand es unglaublich, dass sie tausende von Kilometern gereist waren und ich nun mit ihnen hier sitzen durfte.

Anne ist nach der Schule viel herumgereist, wir haben uns dann nur ab und zu gesehen, wenn sie in Berlin war, und uns immer mal wieder Nachrichten geschrieben. Irgendwann ist dann Sebastian aufgetaucht.

»Du wirst es nicht glauben, er ist so ein Wirtschaftstyp«, hat Anne geschrieben. Anzug, Krawatte. Und ich habe es tatsächlich nicht glauben können. Sie hat mich zu ihrer Hochzeit eingeladen, auf irgendeinem Gut, und am Tag ihrer Hochzeit habe ich mit Fieber im Bett gelegen. So kam es, dass ich Sebastian noch nie wirklich gesehen habe. Nur auf Fotos. Er ist blond und groß und auf dem Foto trug er ein Polohemd und er sah aus wie diese Wirtschaftstypen in ihrer Freizeit eben aussehen. Kraftvoll und unerschütterlich, aber auch unentspannt, und als ich das gedacht hatte, nahm ich mir sofort vor, unvoreingenommen zu sein und ihn ebenso in meine Kreise zu integrieren wie Anne die Kinder im Spiel.

Abends, wenn Richard und ich schlafen gehen, erzählen wir uns immer noch etwas. Es ist schön. Es ist im Sommer schön, wenn die Fenster offenstehen und es ist im Winter schön, wenn bei uns das Licht gelöscht ist und in den Wohnungen im gegenüberliegenden Haus noch die Fenster hell leuchten. Ferne Lichter wecken oft die Sehnsucht, sich dorthin aufzumachen und nachzuschauen, was dort ist. Ein beleuchteter Personenzug, der durch die Dunkelheit fährt. Die Lichter der Küste, von einem Schiff aus gesehen. Sterne. Dabei weiß ich, dass es in den Wohnungen im Haus gegenüber nicht schöner ist als hier mit Richard. Ich erzähle ihm dann, was tagsüber so los war, ich erzähle ihm von meinen Kunden, von ihren Wünschen, von einem Gesteck, das wir in die Französische Botschaft geliefert haben, und einem Trauerkranz für die Bestattung eines Chihuahuas und Richard hört reglos zu. Dann erzählt er und mittlerweile weiß ich, dass mein Erzählen das Vorspiel ist, das Hinübergleiten vom Alltag in einen geschützten Bereich. Er erzählt von Bergen und Inselreichen und Planeten. Er erzählt von Gorillas und Frauen mit unermesslichen Kräften und es hat nicht lange gedauert, bis mir klar war, dass es Fingerübungen sind für seine Charaktere und Welten und für das, was er am nächsten Tag entwickeln wird. Ich war nur ein wenig ernüchtert darüber, wirklich nur ein wenig, weil ich es verstehen kann und weil mich zum Beispiel eine schöne Speisenanordnung auf einem Teller auf Ideen für ein Bukett bringt. Rote Bete und Karotten zum Beispiel als Salat nebeneinander auf meinem Teller in der Salat- und Suppen-Bar, in der ich manchmal mittags esse. Und schon hatte sich das Problem der Farbauswahl für den Tischschmuck der Operngala erledigt. Lachs auf Kartoffelpüree. Apricot und zartes Gelb – perfekt für die südafrikanische Botschaft.

»Erzählst du mir die Geschichten oder erzählst du sie vor allem dir?«, habe ich Richard einmal gefragt. Er hat eine Weile überlegt und dann hat er gesagt: »Das ist eine Frage, auf die es keine Antwort gibt.«

»Ich finde schon. Mir oder dir.«

»Du weißt genau, was ich meine. Ich erzähle sie meinetwegen, weil ich es schön finde, wenn du zuhörst, und ich erzähle sie deinetwegen, weil du gerne etwas erzählt bekommst. Wenn dann eine Story dabei ist, eine Idee für eine neue Welt – wenn das dabei abfällt, wäre es doch schade, es nicht zu nutzen.«

»Ich will nicht, dass wir im Bett liegen und du arbeitest.«

»Ich arbeite nicht. Ich liege mit dir im Bett und erzähle dir eine Geschichte.«

»Ich will aber nicht in irgendeiner deiner Welten vorkommen.«

Dann sagt Richard genau das Richtige, so richtig, dass ich fast schon wieder skeptisch werde, weil es so perfekt und schön ist.

»Das kann ich nicht versprechen. Du kommst immer vor. Immer. Ich kann dich ja nicht aus mir und meinem Leben herausprogrammieren.«

Richard ist schon oft umgezogen. Erst mit seinen Eltern und dann auch nach der Schule und während des Studiums ein paar Mal. Er sagt, man muss aufpassen, dass man irgendwann damit aufhört, weil man sonst nicht mehr damit aufhören kann. Weil man sonst immer mit einem Umzug die Nachteile des einen

Wohnortes mit den Vorteilen des neuen Wohnortes ausgleichen will und dann vermisst man die Vorteile des alten und spürt die Nachteile des neuen und sucht weiter. Ich bin bisher nur in Berlin umgezogen, aber von Stadtteil zu Stadtteil zu ziehen ist auch ein bisschen wie in eine andere Stadt ziehen.

Mein Vater wohnt in Hellersdorf. Zumindest sagt er das und zumindest ist das mein letzter Stand. Er hat mich mal vom S-Bahnhof abgeholt und ist mit mir durch Hellersdorf gelaufen. Wir haben Eis gegessen und mein Vater hat viel geredet und war sehr vergnügt, das weiß ich noch. Es hat mich angestrengt, dass er so dauervergnügt war, aber es war schön, mit ihm zusammen zu sein. Wir sind aber nicht zu ihm nach Hause gegangen und ich habe mir gedacht, vielleicht wohnt er in Marzahn in einem der Hochhäuser und vielleicht soll ich das nicht wissen. Ich meine, vielleicht wohnte er wirklich in einem dieser Plattenbauten, und wer dort wohnt, hat ja gleich den Stempel auf der Stirn.

Mein Vater ist in meinem Leben irgendwie verlorengegangen. Ich erinnere mich, dass wir noch Kontakt hatten, als ich klein war, aber dann ist mein Vater aus irgendeinem Grund aus meinem Leben verschwunden und wir haben uns nicht mehr gesehen. Es gibt viele Väter, die im Leben ihrer Kinder verlorengehen, das habe ich festgestellt, als ich in die Schule kam, aber es gibt auch Väter, die im Leben ihrer Kinder bleiben.

»Du musst nicht zu schlecht von deinem Vater denken«, hat meine Mutter irgendwann einmal zu mir gesagt. »Wenn er konnte, hat er den Unterhalt immer für dich überwiesen.«

Es gab immer auch Sommer, in denen meine Mutter und ich nicht aufs Land gefahren sind. »Geht dieses Jahr nicht«, hat meine Mutter gesagt. Es hatte etwas mit der neuen Waschmaschine zu tun und mit meiner Klassenreise und mit der Gitarre, die sie mir gekauft hat, damit ich Gitarre spielen lernen konnte. Einmal haben meine Mutter und ich in einem dieser Sommer einen Ausflug auf den Hellersdorfer Berg gemacht. Wir haben über Berlin geschaut und nordöstlich ganz tief unten lagen die Plattenbauten. Direkt daneben war alles grün und alles voller Wiesen und Wald. Das hat man aber nur von oben gesehen. Ich habe gedacht, wenn mein Vater da wohnt, dann braucht er da nur rauszugehen und die Plattenbauten hören auf. Die sind nicht überall und endlos. Man kann da rausfinden. Gleich daneben sieht es anders aus und das Leben ist anders.

»Wer einmal da wohnt, kommt nicht mehr raus«, hat meine Mutter immer gesagt. Viele denken das und vielleicht ist es gerade deswegen oft tatsächlich der Fall. Vielleicht wusste sie aber auch, dass er dort wohnt. »Meinst du, die Leute wissen, dass gleich nebenan Wiese ist?«, habe ich meine Mutter gefragt.

»Und dann?«, hat meine Mutter gesagt, als wüsste sie, woran ich gerade denke. »Du kannst ja nicht einfach auf der Wiese wohnen, und in die andere Richtung, das können sie sich nicht leisten.«

Mein Vater hätte aber in einem der Dörfer dort hinten wohnen können, und dann wäre es ein anderes Leben gewesen.

»Das ist alles nicht so einfach«, hat meine Mutter noch gesagt. Dann hat sie sich umgedreht. »Guck, da hinten wohnen wir.«

3

»Hi«, sagt Anne.

Sie sieht gut aus, ein wenig erschöpft und müde von immer wieder unterbrochenem Schlaf, aber trotzdem sieht sie gut aus. Sie wirkt kräftig, die Kinder, die Bewegung und das Draußensein tun ihr gut. Ich komme mir ein wenig mickrig vor, als atmete ich Autoabgase aus und als hafteten an mir der Dreck und die Kaputtness der U-Bahn-Stationen. Das Baby sieht auch gut aus, ich muss mich daran gewöhnen, dass es Friedrich ist und nicht das Baby und ich sage »Hallo« und Friedrich schaut mich aus blauen Augen mit unbewegtem Gesicht an. Emmas Augen sind fast so braun wie Annes Augen und sie lächelt und betrachtet mich aufmerksam.

Ich sage Anne, sie sähe gut aus und sie freut sich. Jedenfalls wird sie ein bisschen rot. Sie trägt Friedrich auf dem Arm und trotzdem nimmt sie mir den Rucksack ab und wirft ihn in den Kofferraum ihres SUV. Auf der Fahrt zeigt Anne mir die Sehenswürdigkeiten.

»Das ist der Weg zum Supermarkt, da drüben siehst du das Dach der Sporthalle und dort drüben geht Emma zum Turnen.«

Wir kommen an einem Waldstück vorbei.

»Ist das dieser unendliche Waldgürtel, von dem du erzählt hast?«

Anne wirft einen Blick aus dem Seitenfenster.

»Das ist nur ein Wäldchen. Der richtige Wald beginnt hinter unserem Garten.«

»Ich darf nicht alleine in den Wald«, sagt Emma.

Anne schaut in den Rückspiegel.

»Du spielst bestimmt viel im Garten«, sage ich.

»Ich darf nur in den Garten, wenn die Terrassentür offen bleibt und jemand unten im Haus ist.«

»Ihr habt bestimmt viel Besuch«, sage ich. »Bestimmt ist dauernd jemand da zum Urlaubmachen.«

»Nicht so viele«, sagt Anne. »Man kann hier auch nicht so viel machen. Bloß rumgehen. Keine Skifahrberge, keine Badeseen, Meer sowieso nicht. Bloß Wald und Landschaft.«

»Das ist doch super zum Runterkommen«, sage ich.

»Klar. Aber was macht man, wenn man dort angekommen ist?«

Ich kann gut verstehen, dass sie das sagt. Sie hatte einen guten Job, dort, wo sie früher gewohnt hat. Sie hat eine Kindertagesstätte geleitet und ich hätte meine Kinder, wenn ich welche hätte, auf jeden Fall zu ihr gegeben. Immer, wenn Leute mit Kindern hörten, dass ich sie kenne, sagten sie, dass es eine gute Kindertagesstätte sei. Irgendwann haben Anne und ihr Mann dann gedacht, es sei besser für ihre Kinder, wenn sie auf dem Land aufwüchsen, und sie haben nicht lange überlegt, als Sebastian die Stelle in Arling bekam. Anne würde schon etwas finden, Kitaleitung kann man schließlich überall sein. Sebastian ist Chemieingenieur, das kann man nicht überall sein und darum ging es hauptsächlich danach, wo Sebastian arbeiten kann. Außerdem verdient er mehr als Anne, dieses Argument killt ja meistens alle anderen, aber sie haben die Stelle trotzdem erst zugesagt, als Anne die mündliche Zusage für den Kitaplatz und tatsächlich eine Stelle als Kitaleitung gefunden hatte. Leider riefen sie von der Kita kurz vor dem Unterschreiben an und sagten, sie hätten sich vertan, ein Versehen, es täte ihnen furchtbar leid, sie wäre gleich die nächste, aber dieses Jahr, das werde nun leider doch nichts mit dem Kitaplatz für ihre Kinder. Und so saß Anne in diesem Dorf mit zwei Kindern und einem Mann und ohne Job. Ich würde durchdrehen, aber Anne sagt, es sei schön, so viel Zeit für die Kinder zu haben, und sie probiere viele Sachen aus und Sebastian überweise ihr monatlich einen Teil seines Gehalts auf ihr Konto, das sei schon alles in Ordnung so, aber trotzdem.

»Als sei er mein Arbeitgeber«, sagt Anne. Sie erzählt es mir noch auf der Autofahrt, also beschäftigt es sie sehr.

Sie haben ein schönes, großes Haus und ich komme mir etwas verloren vor, ich bin es nicht gewöhnt, so viel Fläche zur Verfügung zu haben. Der Flur ist eine kleine Eingangshalle. Dahinter, das sehe ich durch die zweiflügelige Glastür, erstreckt sich das Wohnzimmer.

»Dein Zimmer ist oben«, sagt Anne und wir gehen die schallgedämpfte Eichenholztreppe in den ersten Stock. Das Zimmer riecht warm und auf angenehme Weise unbewohnt, und die Sonne scheint hinein und sie scheint auf gelbe Vorhänge und einen weißen Wollteppich und ein weißes Bett und auch der Schrank ist weiß und ich sage »Schön.«

Ich stelle meinen Rucksack auf dem Wollteppich ab. Ich finde, Rucksäcke sehen immer optimistisch und reiselustig aus. Ein altes, schönes Wort ist das. Reiselustig. Ich verreise lieber mit einem Rucksack als mit einem dieser Rollkoffer, denn ein Trolley sieht nach Überstunden aus und nach Verhandlungen und nach Orten, an denen man sein muss, obwohl man viel lieber anderswo wäre. Zu Hause zum Beispiel. In diesem weißgelben Zimmer sieht der Rucksack aber irgendwie unangemessen aus und vielleicht hätte ich ihn nach der letzten Campingtour durch die Pyrenäen einfach noch mal sauber machen sollen. Es fällt mir auf, dass Anne ihn betrachtet.

»Ich bin ewig nicht mehr mit einem Rucksack verreist«, sagt sie. Sie sagt es neutral, weder herablassend noch wehmütig, gerade so, als sei es ihr eben erst aufgefallen. Ich öffne den Reißverschluss am Kopfteil des Rucksackes und ziehe eine kleine Plastiktüte heraus, so einen knisternden Frühstücksbeutel. In dem Frühstücksbeutel steckt ein Stück goldfarbenes Stanniolpapier. Ich hole es heraus und falte es vorsichtig auf. Die Faltkanten sind brüchig und das Gold ist weg.

»Hast du das so lange aufbewahrt?«, fragt Anne und nimmt das Stanniolpapier in die Hand und sagt »Perpetuum mobile« und fängt an zu lachen. Sie lacht immer sofort Tränen und das ist auch jetzt noch so und ich muss dann immer mitlachen, weil ihr ganzes Gesicht nass und rot wird. In das Papier war ein halbes Pfund Butter eingepackt, das wir gekauft haben, als wir mal vier Wochen zu Fuß in Irland unterwegs waren. Es war fast ununterbrochen heiß und einmal wollten wir vor dem Essen noch im Atlantik schwimmen und haben für unsere Einkäufe Schatten gesucht. Es gab aber keinen, nur ein paar hohe Grasbüschel auf einer Wiese. Wir haben die Butter dort hineingesteckt und als wir vom Baden wiederkamen und die Butter holen wollten, war das Papier geöffnet und von der Butter gab es nur ein paar Reste. Nicht weit von uns entfernt stand eine Kuh. Wir haben schon damals furchtbar lachen müssen, über uns, weil wir so verblüfft vor dieser Kuh gestanden haben und auch, weil es kein Wort gab, das die Situation hätte beschreiben können.

»Selbstversorger«, hat Anne damals gesagt. »Geschlossener Regelkreis. Perpetuum mobile.«

»Hoffentlich hat sie keinen Durchfall bekommen«, sagt Anne und das hat sie auch damals gesagt, hoffentlich bekommt sie keinen Durchfall, und als die Kuh sich umdrehte und würdevoll davonschritt, haben wir ihr lange nachgeschaut.

Wir durchqueren das Wohnzimmer. Natürlich ist es groß und natürlich hat es bodentiefe Panoramafenster. Wie hingeworfen liegt eine anthrazitfarbene Wohnlandschaft da, groß und massiv wie eine weiche Matte im Sportunterricht. Neben der Wohnlandschaft steht eine kühle, sachliche Schrankwand, Vollholz schätze ich und bestimmt irgendein seltenes Holz und an der Wand daneben ein antiker Schrank, perfekt restauriert, in einer warmen Waldhonigfarbe. Vor der Wohnlandschaft ein Glastisch, an der Wand ein Bild, Acrylfarben, eine Mohnblumenwiese, rote Wischer, schwarze Flecken, grüne Streifen. Ein riesiger schwarzer Fernseher. Vor der Terrassentür liegen ein rotes Spielzeugauto und Kindersandalen herum. Ich bin fast froh, so etwas wie Unordnung zu sehen. Wir treten vom Wohnzimmer in den Garten und ich sage: »Das ist ja eine Weide, da könnt ihr ja Pferde halten«, und sie sagt: »Wir haben hier schon genug Tiere«, dabei sehe ich keine.

»Meinst du Rehe?«, frage ich, denn sie haben über dem Gartenzaun noch festen Maschendrahtzaun angebracht, was ich schade finde, denn ich hatte mir vorgestellt, vom Garten aus auf diesen Waldgürtel zu blicken. Auch die Nachbarn haben so hohe Zäune, als müssten sie einen Fußballplatz oder Tennisplatz einzäunen, damit die Bälle nicht rüberfliegen.

»Warum habt ihr hier so hohe Zäune?«, frage ich. »Damit niemand reinkommt oder damit niemand rausgeht, was ja schade wäre bei so viel Gegend ringsum.«

»Beides«, sagt Anne. »Die Kinder sollen nicht raus und die Tiere nicht rein.«

In dem Moment schreit Friedrich und Anne hebt das Spielzeugauto auf und gibt es ihm. Ich lehne mich im Gartenstuhl zurück und betrachte das Haus und den Garten. Auf der Rasenfläche steht ein Spielhaus auf Holzstelzen, daneben ein Trampolin. Es ist alles irgendwie überdimensioniert und ein bisschen vollgestellt. Als gäbe es eine imaginäre Liste der Dinge und als wäre erst alles gut, wenn diese Dinge vorhanden wären.

Vielleicht war es auch nur Sebastian wichtig, sich mit Dingen zu umgeben, und Anne war es nach wie vor egal. Anne war sowieso vieles egal, aber es war ihr nicht aus Nachlässigkeit egal. Es war nur so, dass die Schwelle, ab der ihr etwas wichtig wurde, ziemlich weit oben lag, weiter oben als bei anderen Leuten. Es war immer, als flösse alles nur durch sie hindurch und berührte sie erst spät. Sie war groß und hatte lange, dunkelbraune Haare und feste, klare, braune Augen und um sie herum war immer so eine Energie, wie ein Kraftfeld.

Ich war ebenso groß wie sie und manchmal hatte auch ich so ein Kraftfeld, aber ich hatte immer das Gefühl, in ihres hineingezogen zu werden, wenn ich in ihrer Nähe war. Und obwohl ich nicht kleiner war als sie, schien sie mich immer zu überstrahlen und wenn man mit ihr irgendwo auftauchte, schauten alle auf sie. Ihre Großzügigkeit, diese Weite hat sie sicher auch glauben lassen, sie könne an diesem Ort hier leben, sie könne überall leben und sich einfinden und alle mit ihrer Kraft aufladen.

Sie hat Himbeerkuchen gemacht und während die weichen flaumigen Himbeerperlen in meinem Mund zerplatzen und ich die Kerne auf meiner Zunge spüre, denke ich, dass es doch alles nicht wahr sein kann, dass Anne hier in diesem Ort wohnt und Himbeerkuchen macht. Friedrich schläft auf ihrem Arm und dann sitzt er auf der Terrasse und spielt mit einem Sandförmchen. Er sitzt da ungefähr drei Minuten, dann schreit er und Anne nimmt ihn auf ihren Arm.

»Er läuft noch nicht«, sagt Anne. »Manche Kinder in seinem Alter laufen

schon, aber manche lassen sich etwas länger Zeit.«

Friedrich streckt sich und biegt seinen Rücken durch und Anne setzt ihn wieder auf die Terrasse. Wir betrachten Friedrich, der mit einer Sandform auf den Terrassenboden schlägt. Er wirft die Sandform zur Seite und krabbelt los in Richtung Zaun.

»Hierbleiben, Friedrich!«, ruft Anne, springt auf und trägt ihn zurück.

Ich finde, sie hätte ihn einfach loskrabbeln lassen sollen. Dann wäre vielleicht so etwas wie eine Unterhaltung aufgekommen. Ich weiß, dass man sich um ein kleines Kind dauernd kümmern muss, aber ich komme mir überflüssig vor.

»Ich stille nicht mehr«, sagt Anne. »Wir können heute Abend Rotwein trinken, wenn du magst, und dann schauen wir zu, wie die Sonne hinter dem Wald verschwindet.«

»Klar«, sage ich. »Gerne.«

»Es ist total schön, wenn die Sonne da hinten untergeht und auf der Wiese sieht man dann oft Rehe. Das hast du in der Stadt nicht. Ich finde es wichtig, dass Emma und Friedrich mit so etwas aufwachsen.«

Ich sage: »Ja, das ist schön.«

»Vorher bekommt Friedrich noch seinen Brei und ich bringe ihn zu Bett.«

»Wann kommt denn Sebastian?«

Sie sieht auf einmal müde aus.

»Er kommt heute wohl wieder später, das kommt manchmal vor, gerade, wenn er so viel zu tun hat. Heute hat er ein Abendessen mit Kunden. Aber er kommt bestimmt bald.«

Sie versucht, ihrer Stimme einen munteren Klang zu geben, zu munter, wahrscheinlich kommt Sebastian immer spät und sie sitzt hier mit einem Baby, das Sandformen abschleckt.

»Kann ich dir etwas helfen?«

»Du kannst den Brei für Friedrich kochen, wenn du magst.«

Ich finde das gut, denn so kann ich zusehen, wie die Milch aufkocht, und in einer immer fester werdenden Masse rühren, das ist eine angenehme Aufgabe.

»Da fehlt noch ein Teller«, sage ich, als wir uns an den Tisch setzen. Es stehen nur drei Teller auf dem Tisch.

»Ich habe irgendwann aufgehört, für Sebastian mitzudecken. Er isst ohnehin andere Sachen als wir. Er macht sich immer noch irgendetwas. Wenn er Stress hat, kann er keinen Salat essen, sagt er.«

Als Anne Friedrich ins Bett bringt, sage ich: »Ich gehe noch mal raus, ich gehe zum Wald.«

Ich will heute unbedingt noch den Wald sehen und im Wald sein.

»Pass aber auf«, sagt Anne.

»Worauf denn?«, frage ich und überlege, was das sein könnte, worauf ich aufpassen soll.

»Ich meine nur«, sagt Anne und dann lacht sie. »Ich spinne wahrscheinlich, ich assimiliere mich hier schon. Weißt du, was sie hier sagen? Wenn es dunkel wird, gehört der Wald den Vagabunden und den wilden Tieren.«

Ich lache auch, denn genau das gleiche hat mein Onkel gesagt, wenn er eine seiner Jagdgeschichten erzählt hat. Dabei ist die Wahrscheinlichkeit, hier einen Vagabunden zu treffen, ziemlich gering und die, auf ein wildes Tier zu treffen, gleich null.

Ich gehe durch das Gartentor, es ist verschlossen und ich schließe es hinter mir wieder zu, denn es wird schon seinen Grund haben, wenn Anne es so macht. Ein Pfad führt vom Gartentor in die Wiese, er beginnt zuzuwachsen, als sei hier lange niemand mehr entlanggegangen, aber er ist noch zu erkennen. Das hohe Gras bewegt sich im Wind. Ein Frosch quakt. Die Wiese ist feucht und kühl und vor mir liegt der Wald. Ich weiß nicht, wieso, aber auf einmal habe ich Herzklopfen. Die Gräser und Kiefern und Buchen stehen hier einfach herum, ich meine, es ist alles da, ohne dass irgendein Mensch es sieht. Und ich bin jetzt auch da. Vielleicht habe ich Herzklopfen, weil ich mich auf einmal so zugehörig fühle. Jedenfalls fühle ich mich nicht klein, es gibt ja viele Leute, die sich erst dann klein fühlen, wenn sie einen Berg besteigen oder es über ihnen blitzt und die haben einfach keine Ahnung, aber deren Ego hätte ich trotzdem gern.

Ich gehe eine Weile über die Wiese, dann stehe ich direkt vor dem Wald. Am Waldrand wachsen Brombeerhecken, einige Brombeeren sind schon prall und rot, aber noch nicht schwarz. Am Boden in den Heidelbeersträuchern stecken kleine blaue Perlen. Es führen Pfade in den Wald hinein, schmale Linien zwischen den Heidelbeersträuchern, die wahrscheinlich irgendwelche Tiere ausgetreten haben, Rehe oder Hasen oder Füchse. Wahrscheinlich bin ich gar nicht allein, wahrscheinlich haben mich schon hunderte Tiere gerochen, gesehen und gehört und beobachten, was ich tue. Wahrscheinlich sind gerade mehr Lebewesen unterwegs als an einem Samstagabend in der Simon-Dach-Straße. Ich versuche, ein Flugzeug zu hören oder Verkehrslärm oder ein Martinshorn, aber es ist einfach nur still. Warm und still. Ich könnte in den Wald hineingehen, wenigstens ein paar Schritte und schon mal eintauchen in das Dunkel, aber ich bleibe vor dem Wald stehen und kann nicht sagen, warum. Ich betrachte die Bäume, ein paar Eichen sind dabei, Buchen und sonst viele Kiefern, schön gemischt, und ich bin gespannt, was da sonst noch auf mich wartet. Wir haben eine Verabredung, morgen oder sobald es möglich ist, werde ich in den Wald hineingehen und er liegt vor mir wie ein Buch oder ein Film und ich fühle mich ein bisschen so, als hätte ich gerade Konzertkarten gekauft oder als machte ich mich fertig, um mit Richard zu einem Festival zu gehen und als wartete etwas Besonderes auf mich.

Ich kehre um und gehe auf dem Feldweg zurück zum Haus und auf einem Seitenweg kommt mir eine Frau mit einem Hund entgegen. Den Hund sehe ich erst, als wir schon ziemlich nah gekommen sind, denn es ist ein kleiner Hund und das Gras ist hoch. Sie ist älter als ich, um die Vierzig, schätze ich, und sie trägt ein großgemustertes, weites Oberteil, das überhaupt nicht hierher passt. Weder zu den Farben um uns herum noch zur Stimmung.

»Guten Abend«, sage ich. Sie schaut mich kurz an und dann schaut sie weg. Ich habe das Gefühl, sie geht sogar etwas langsamer und beugt sich absichtlich zu ihrem Hund herab, damit sie hinter mir auf den Weg biegen kann, auf dem ich gehe. Nach einer Weile drehe ich mich um. Sie geht den Weg in Richtung Wald und ich merke, dass mir das nicht recht ist.

4

Anne hat sich heißgeredet. Sie erzählt, wie schön es ist, eine Grundschule sei hier und sogar ein Kindergarten, in den Emma und Friedrich dann irgendwann gehen könnten. Alles bezahlbar, das sind schon andere Preise hier. Und dann der Wald und die Wiesen, Emma und Friedrich werden spielen können, rausgehen, einen Bezug zur Natur bekommen, sie werden sich bewegen, einfach loslaufen können. Das sei so wichtig, das unbeobachtete Spiel, und es sei so wertvoll, sich in nicht von Erwachsenen inszenierten Welten zu bewegen.

Wir sitzen auf der Terrasse und trinken Rotwein und Friedrich schläft endlich und sie erzählt trotzdem immer von ihm und Emma. Ich verstehe nicht, warum sie keine Lust hat, etwas anderes zu hören, und warum sie nicht fragt, wie es mir geht und was Richard und ich so machen. Sie muss ihre Entscheidung hierher zu ziehen nicht rechtfertigen und sie muss sich auch nicht rechtfertigen, dass sie nicht für Geld irgendwo arbeitet. Sie muss mir nicht beweisen, dass es ihr gut geht.

»Aber du brauchst ein Auto, ihr braucht zwei«, sage ich.

»Ja, das braucht man hier, aber wir fahren so selten wie möglich. Ich meine, wir haben hier doch alles.«

Sie breitet die Arme aus. Ich schaue mich um und sehe viel Grün und den Zaun.

»Kennst du hier schon Leute?«

Sie nimmt ihr Weinglas und schaut hinein.

»Na ja, das ist ein bisschen schwierig.«

Sie schwenkt jetzt den Wein im Glas hin und her.

»Sie sind hier nicht so gesprächig, oder?«, sage ich und dann erzähle ich ihr von der Frau, die mir auf der Wiese begegnet ist.

»Das ist mir auch schon passiert«, sagt Anne. »Du guckst sie an, du sagst etwas – und sie antworten nicht.«

»Ich habe ›Guten Abend‹ gesagt«, sage ich. »Was sagt man denn hier so?«

»Grüß Gott. Oder einfach Hallo. Und es ist ja nicht so, dass sie ›Guten Abend‹ nicht verstehen. Sie reagieren manchmal einfach nicht. Ich bin froh, dass dir das auch passiert ist. Ich dachte schon, es liegt an mir. Dass sie mich nicht mögen oder so.«

Sie stellt den Wein ab und beugt sich zu mir und legt den Arm um mich.

»Ich bin so froh, dass du da bist.«

»Ja. Ich auch.«

Ich warte. Jetzt kommt es wahrscheinlich. Jetzt spricht Anne es an. Ich spüre ihr Haar an meiner Wange und ihre Schultern fühlen sich viel schmaler und dünner an, als sie aussehen. Wenn ein Mann mich verlassen hat, habe ich trotz allem immer gewusst, es geht schon irgendwie weiter. Anne hat mich eigentlich nicht verlassen. Wir waren kein Paar. Sie hat sich bloß anders entschieden. Und sie sagt, ich hätte mich da in etwas hineingesteigert. Wenn jemand so etwas behauptet, kann man nicht mehr viel dagegen einwenden. Es ist so ein Satz wie ›Es hätte doch sowieso nicht funktioniert‹.

Anne lässt mich los.

»Ich habe da auch schon etwas geplant. Ich hoffe, du bist einverstanden. Ich wollte die Nachbarn einladen, während du da bist, und wir können so einen Patisserie-Nachmittag machen. Damit sie mich, damit sie uns besser kennenlernen. Ich wollte, dass du dabei bist. Dann sehen sie, dass ich nicht allein bin, dass es noch mehr Menschen gibt, die so sind wie ich. Und wenn sie sehen, dass ich backen kann – das kann ja hier nicht schaden.«

Ich bin nicht sicher, ob ihre Patisserie-Künste hier hilfreich sind. Annes Törtchen waren kleine Kunstwerke, zarte, elegante Gebilde aus Biskuit, Cremes und Fruchtmark. Es würde nicht helfen, wenn sie den Leuten erzählen würde, sie hätte, um während des Studiums Geld zu verdienen, in einer Konditorei gearbeitet und es da gelernt. Es wäre vielleicht besser, etwas anzubieten, das nicht so anders ist. Apfelkuchen zum Beispiel oder Nackensteaks. Außerdem gibt es noch ein anderes Problem. Ich bin nicht so wie Anne.

»Schau mal.«

Anne knallt einen Schwung Bücher auf den Tisch und wir betrachten die Fotos und Rezepte. Mille-feuilles, Cake au citron, Schoko-Cassis-Törtchen.

»Himbeer-Kuppeltörtchen, Brioche mousseline und Birnentarteletes mit Mandelcreme«, sagt Anne entschieden. »Das ist solide und trotzdem fein.«

»Irgendwas mit Schokolade sollte noch dabei sein«, sage ich.

»Dann machen wir noch warmen Schokoladenkuchen. Tarte tiède au chocolat noir.«

»Ich könnte ein paar Blumen holen. Von der Wiese zum Beispiel«, sage ich.

»Das wäre super, wenn du die Blumendeko machst«, sagt Anne.

Ich habe in den Nachrichten schon Regierungschefs vor meinen Blumengestecken sitzen sehen und es sind schon Buketts aus meinem Blumenladen mit dem Hubschrauber zu Empfängen geflogen worden. Ich mag nur das Wort Deko nicht so gerne. Wir machen Blumenschmuck. Ein Platincollier würde auch niemand als Deko bezeichnen.

»Das wird eine richtig schöne Kaffeetafel«, sagt Anne. »Und ich hoffe, dass alle richtig schön miteinander reden.«

Wir stoßen unsere Weingläser aneinander und es ist ein bisschen wie früher, wenn wir abends zusammen weggegangen sind. Sebastian ist immer noch nicht da, aber ich frage nicht mehr, weil ich nicht will, dass Anne merkt, wie sehr ich mich darüber wundere.

Als ich im Bett liege, in diesem weiß-gelben Zimmer, wünsche ich mir, Richard wäre jetzt hier und er würde den Arm um mich legen und wir würden reden und ich könnte mit ihm schlafen. Und dann würde ich ihm erzählen, dass Anne tatsächlich denkt, ich sei wie sie. Dabei stimmt es nicht. Vor einigen Jahren hätte ich mich darüber gefreut, weil ich gern so sein wollte wie Anne. Ich freue mich aber nicht. Ich war nur überrascht gewesen, als sie es sagte, darum habe ich ihr das mit den Blumen angeboten. Eigentlich wollte ich keinen einzigen Blumenstängel mehr für Anne zurechtbinden.

Ich glaube, ich war schon eingeschlafen, als ich unten etwas rumpeln höre. Dann ist es still. Aber ich bin wach und habe Durst. Ich gehe leise die Treppe hinunter, in der Küche brennt Licht. Bestimmt Anne, die etwas für Friedrich holt. Ich öffne die Küchentür und in der Küche am offenen Kühlschrank steht Sebastian. Er scheint hungrig zu sein, denn er isst Käsescheiben direkt aus der Verpackung.

»Hallo«, sage ich.

Er schließt den Kühlschrank, als sei es ihm unangenehm, dass ich ihn gesehen habe. Ich wundere mich aber eigentlich nur, dass er nicht seinen Schlafanzug trägt, sondern ein Businesshemd und eine Anzughose.

»Ich bin Kim. Ich wollte mir nur ein Wasser holen«, sage ich.

»Hallo«, sagt Sebastian. Mehr nicht.

Er lockert die Krawatte, er trägt tatsächlich noch eine Krawatte, und wirft einen Löffel in den Besteckkorb der Spülmaschine und einen Joghurtbecher in den Müll.

»Gute Nacht«, sagt er und verlässt die Küche. Ich trinke und stelle das Glas in die Spülmaschine und es fühlt sich unbehaglich an, dass etwas, das mir so nahe gewesen war, nun gemeinsam mit dem Löffel in dieser Spülmaschine steht. Als ich die Treppe hoch und zurück ins Bett gehe, denke ich, dass ich es merkwürdig finde, nachts nach einem Geschäftsessen noch etwas am Kühlschrank zu essen.

5

Am nächsten Morgen weckt mich ein Klopfen. Anne öffnet die Tür und hält in der rechten Hand ein Tablett mit zwei Kaffeebechern und auf ihrem linken Arm sitzt Friedrich.

»Du musst natürlich noch nicht aufstehen«, sagt sie, »aber ich muss demnächst los, einkaufen und noch etwas erledigen. Du kannst gerne mitkommen, aber du kannst natürlich auch hierbleiben.«

Sie reicht mir einen Kaffeebecher und steht an meinem Bett und schaut mich an. Dann setzt sie Friedrich auf meinen Bauch, zieht ihre Jeans aus und steckt ihre Beine am Fußende unter meine Decke. Wir haben das früher oft so gemacht, sonntagmorgens, wenn wir gemeinsam unterwegs gewesen waren oder im Urlaub. Mit einem Kaffee im Bett sitzen und reden. Anne lehnt sich zurück und streckt die Beine aus und sieht glücklich aus. Ich sehe auch so aus, das merke ich an meinem Gesicht, und Friedrich krabbelt auf mir herum. Anne fragt, was Berlin so macht, und ich sage, Berlin geht es gut. Orte kann man vermissen wie eine Person. Das Leben fühlt sich an anderen Orten ganz anders an und es ist, als sei etwas aus einem herausgeschält und zurück bleibt ein Loch. Ich erzähle Anne ein bisschen von Richard und von dem Spiel, das er entwickelt, jedenfalls das, was ich davon weiß und was er mir erzählen darf, denn es ist ja alles immer furchtbar geheim, und ich erzähle von Jan und seinen Bienen und unseren Freundinnen von früher.

»Ich muss dir noch etwas zeigen«, sagt Anne und steht kurz auf und kommt gleich darauf mit einem staubigroten Teil in der Hand zurück.

»Du hast ihn ja noch«, sage ich, denn das Teil ist ihr Rucksack.

Anne öffnet den Reißverschluss der Tasche, in der sie immer die Karte verstaut hat, und legt ein Stück Stanniolpapier auf meine Bettdecke.

»Es war die ganze Zeit da drin«, sagt sie.

Ich hole mein Stück des Stanniolpapiers hervor und wir legen die Teile an der Stelle, an der wir sie auseinandergerissen haben, zusammen. Sie passen noch und man kann sich gut vorstellen, dass darin einmal ein halbes Pfund Butter eingepackt war.

»Der würde auch gern mal wieder los.«

Anne hebt den Rucksack hoch.

»Er sieht wirklich sehr unternehmungslustig aus. Als wolle er gleich mit meinem auf und davon«, sage ich.

»Wenn Friedrich größer ist, können wir ja mal wegfahren, nicht gleich wochenlang, aber ein paar Tage.«

Als Friedrich anfängt unruhig zu werden, ist es schon zehn und Anne sagt, jetzt müssten wir aber los und ich hätte noch nicht einmal etwas gegessen und ob ich mir schnell ein Brot machen wolle. Ich ziehe mich an und gehe in die Küche und öffne den Kühlschrank, so wie Sebastian gestern. Ich wundere mich, wie viele Plastikverpackungen dort liegen, denn eigentlich achtet Anne auf so etwas, und ich kaufe zu Hause immer Käse aus dem Umland und möglichst bei Jan und sie müssten hier unverpacktem Umlandkäse doch ganz nah sein.

Ich esse mein Brot auf der Fahrt im Auto, dabei hatte ich eigentlich auf die Langeweile gewartet, auf das Vakuum, das sich einstellt, wenn ich ein paar Tage frei habe. Erst kommt die Langeweile und dann kommt so eine Leere und mit der Leere kommt die Niedergeschlagenheit. Ich fühle mich dann matt und einsam. Irgendwann geht die Langeweile zu einer Ruhe über und die Leere geht weg und die Einsamkeit auch und das Vakuum füllt sich wie von selbst und ich stehe auf einer Lichtung voller freier Zeit und habe tausende Ideen. Langeweile ist wie Milchkochen für Friedrich. Man wartet und schaut in den Topf und in die Milch und nichts passiert. Dann wird die Milch unruhig und unter der Oberfläche bewegt sich etwas und dann bricht die Oberfläche auf und die Milch steigt hoch und brodelt über den Rand und aus dem Topf quillt ein Schwall, der nie zu versiegen scheint. Die Langeweile kommt aber nicht. Anne muss noch etwas bei der Gemeindeverwaltung erledigen und das bedeutet, dass wir mit Emma und Friedrich im Auto fünf Kilometer fahren. Bei der Gemeindeverwaltung will Emma nicht mit mir warten und Friedrich sowieso nicht, und weil ich keine Lust habe, im Auto zu sitzen, komme ich mit rein. Im Eingangsbereich steht ein historisches Feuerlöschfahrzeug, eine Kutsche mit Wasserfass und Pumpschwengel, und an der Wand hängt eine Bildergalerie der Bürgermeister und als ich sie mir gerade alle anschauen will, weil es ja bestimmt dauert, bis Anne an der Reihe ist, ist sie schon dran. Ich nehme mir den Ständer mit Faltblättern vor. Es gibt einen Flyer vom Volkstheater, vom Trachtentanz und vom Sommerfest der Feuerwehr und es gibt einen Flyer, auf dem steht »Haben Sie Wald?«. Ich überlege einige Sekunden, was das bedeuten kann. Genauso gut könnte dort die Frage stehen »Haben Sie eine Insel?« oder »Wollen Sie einen Stern kaufen?«. Der Gedanke, man könne Wald haben, also richtig besitzen, ist mir neu. Parks sind öffentlich. Das Informationsblatt richtet sich aber an richtige Waldbesitzer. Alle Waldklein- und -kleinstbesitzer werden aufgefordert, den Wald zu pflegen und nicht sich selbst zu überlassen. Naturwald, das sei eine schöne Vorstellung, fördere aber den Borkenkäfer, und Wald brauche Pflege. Sie haben wahrscheinlich recht und aus ihrer Sicht sowieso, aber ich frage mich, wie der Wald denn überhaupt überlebt hat, all die Jahrhunderte, in denen ihn keiner gepflegt hat. Vielleicht könnte ich mit Richard so ein Stück Wald kaufen und wir würden es verwildern lassen und einfach abwarten, was geschieht.

»Haben Sie Wald?«, frage ich Anne, als sie nach kurzer Zeit schon wieder da ist.

»Lieber nicht«, sagt Anne und dann fängt auch sie damit an, was für ein Riesenproblem das sei mit dem Waldbesitz, jedenfalls für die, die schon immer hier wohnen und denen große Waldflächen gehören.

»Ich könnte mir das schön vorstellen, hier so ein Stück Wald zu besitzen«, sage ich.

»Die sind hier ziemlich sauer auf die Kleinbesitzer«, sagt Anne. »Die sitzen in Hamburg oder Frankfurt oder Berlin und haben ein kleines Stück Wald geerbt, zu klein, um wirklich etwas damit anfangen zu können und sie haben ja auch keine Ahnung, was man mit so einem Stück Wald machen kann. Also überlassen sie den Wald sich selbst und finden es toll und züchten ahnungslos Borkenkäfer. Und die Großbesitzer drumherum fürchten um ihre Bäume.«

Wir verstauen Emma und Friedrich wieder im Auto und fahren weiter zum Supermarkt. Natürlich kenne ich Einkaufszentren. Es gibt verschiedene Geschäfte, man geht hinein, kauft irgendetwas, fährt vielleicht noch Rolltreppe irgendwohin und geht wieder raus. Dieses Einkaufsgelände ist eine gigantische Gewerbefläche, ich sehe einen Supermarkt, einen Drogeriemarkt, einen Schuhdiscounter, einen Kleidungsdiscounter, einen Bäcker, eine Apotheke und einen Imbiss. Die weiträumigen Parkflächen sind alle schon ziemlich vollgestellt und wir müssen mehrfach abbiegen, bis wir einen Parkplatz gefunden haben.

»Wir fahren danach noch zum Bäcker«, sagt Anne und ich vermute, es bedeutet genau das. Wir fahren zum Bäcker und werden noch einmal herumkurven und einen Parkplatz suchen, der etwas näher am Bäcker liegt.

Neben dem Supermarkt beginnt ein Getreidefeld. Es sieht aus, als sei der Supermarkt direkt ins Getreidefeld hineingebaut worden.

»Oh, Weizen«, sage ich zu Anne und sie sagt: »Das ist Roggen.«

Die Ähren bewegen sich ein wenig im Wind und es sieht aus wie eine Bö in einem grünen Meer und ich muss an Jans Laden denken und an das Getreide in den Glasröhren und gleich neben diesem Feld ist dieser Supermarkt. Manchmal stehen Typen in Latexanzug oder Leder-Catsuit bei Jan vor den Getreidegläsern und vielleicht fallen sie mir gerade jetzt ein, weil der Kontrast so groß ist. Kontraste können schön sein oder verstörend und ich muss sagen, dieser Bunker im Roggen beschäftigt mich.

Anne sieht erschöpft aus, als wir nach Hause kommen und ich sage, ich koche jetzt und sie soll sich in den Garten legen und ich frage Emma, ob wir zusammen kochen wollen, aber Emma guckt mich nur an und flitzt dann weg zu Anne.

»Dann geht ihr beide in den Garten«, schlage ich vor und auf einmal sieht Anne so aus, als wolle sie mir etwas Unangenehmes mitteilen oder zumindest etwas, das ihr peinlich ist.

»Könntest du bitte die Gartentür schließen, wenn du abends reinkommst?«, fragt sie.

»Klar«, sage ich und sehe wahrscheinlich überrascht aus, denn Anne sieht so aus, als wolle sie noch etwas sagen. Sie sagt aber nichts und es ist ein eigenartiges Schweigen zwischen uns.

»Gegen die Einbrecher«, sage ich, damit die Stille verschwindet. »Damit sie nicht durch die Gartentür kommen?«

»Ach, die Einbrecher«, sagt Anne.

Nachmittags hat Anne einen Arzttermin mit Emma und Friedrich. Es tue ihr leid, sagt sie, aber das lasse sich nicht verschieben, das sei wichtig und ich sage »Das macht doch nichts« und es macht mir wirklich nichts, denn ich kann dann endlich in diesen Wald gehen.

»Lass dir ruhig Zeit, ich schaue mir ein paar Stunden die Gegend an.«

Anne guckt ganz eigenartig. Sie sieht so aus, als wäre ihr das nicht recht.

»Was ist eigentlich los?«, frage ich. »Du bist immer so merkwürdig, wenn es um den Wald und überhaupt das Rausgehen geht.«

»Es gibt hier einen Wolf«, sagt Anne.

Sie scheint das wirklich ernst zu meinen. Der Waldbesitzerflyer, der Supermarkt und jetzt ein Wolf. Sie scheinen das hier alle wirklich ernst zu meinen.

»Hast du ihn schon gesehen?«, frage ich.

»Alle sagen, es gäbe hier einen.«

»Glaubst du das auch?«

Sie schaut mich an.

»Ich weiß nicht, Kim. Woher soll ich das wissen? Stell dir vor, es gibt wirklich einen. Ich mag Emma nicht mehr draußen spielen lassen. Ich mache das, was die anderen machen. Es könnte ja sein, dass wirklich einer da ist.«

»Wer sind denn überhaupt alle?«, frage ich. »Wen meinst du denn damit?«

»Die Nachbarn. Die Mütter, mit denen ich versuche, in Kontakt zu kommen. Die Leute beim Bäcker.«

»Hat ihn überhaupt schon mal jemand gesehen? Oder wenigstens Spuren?«

»Das sagt hier keiner so richtig.«

»Das sagt keiner so richtig? Was soll das heißen?«

»Ich weiß es auch nicht«, sagt Anne. »Sie machen nur alle so Andeutungen. Dass nichts mehr ist, wie es war, und dass alles ganz anders geworden ist und dass es mit den Zugereisten anfing.«

»Die Zugereisten. Wen meinen sie denn damit?«

»Na, uns«, sagt Anne. »So Leute wie uns.«

6

Am Nachmittag, als Anne mit Emma und Friedrich aufgebrochen ist, gehe ich wieder den Weg entlang über die Wiese. Ich glaube nicht an irgendwelche Gerüchte und Erzählungen. Das Handy habe ich zu Hause gelassen, ich will ohne diese Nabelschnur unterwegs sein. Auf mich gestellt. Diesmal bleibe ich nicht am Waldrand stehen. Ich gehe einfach weiter den Waldweg entlang, der dunkel ist wie ein Tunnel. Es ist ein staubiger, zweispuriger Weg und die Spuren stammen bestimmt von den Reifen der Wagen des Försters und der Waldbesitzer und in der Mitte des Weges wächst ein Streifen Gras. Einige Spaziergänger kommen mir entgegen, eine Frau mit einem Hund, ein Fahrradfahrer. Vor mir liegt ein Stock. Ein glatter, in mehreren Kurven gebogener Stock. Er schiebt sich über den Weg, als würde er den Boden nicht berühren. Er gleitet. Glänzende, glatte, gemusterte Rinde. Haut. Ein kleiner spitz zulaufender Kopf, daraus schnellt ein schwarzer gespaltener Faden hervor. Ich höre Fahrgeräusche von Fahrrädern und Stimmen. Sie bremsen, als sie mich sehen. Zwei Fahrräder, ein Kind im Kindersitz, eines in einem Anhänger.

»Eine Blindschleiche«, sage ich und berühre sie mit einem Zweig, damit sie ins Gebüsch gleitet.

»Schau mal, Luka, wir haben Schlangen hier im Wald«, ruft die Mutter.

Sie spricht ein knallhartes Hochdeutsch, das hat sie nicht hier gelernt.

»Die ist blind«, sagt der Vater.

Die Blindschleiche setzt sich in Bewegung.

»Aber sie schleicht«, sagt der Vater.

»Und schau mal, eine Wegwarte«, ruft die Mutter und sie sind ein bisschen so wie ich. Ich bin bloß stiller. Sie reagieren beide etwas unangemessen, aufgedreht irgendwie, und ich spüre ihre Fremdheit hier im Wald. Sie sind viel zu euphorisch und sie freuen sich über Dinge, die ohnehin und seit Ewigkeiten da sind und die hierhergehören und dass sie sich so darüber freuen und es sie so in Aufregung versetzt, zeigt nur, wie fremd ihnen das alles ist und wie gut es ihnen tut, dass es da ist. Mit tut es auch gut.

Zwischen den Kiefern hat irgendjemand einen Holzstapel aufgeschichtet. Die Schnittflächen leuchten in einem hellen Braun und liegen ordentlich und stabil übereinander. Am Wegrand wächst Springkraut, ich berühre die Früchte und sie zucken unter meinen Fingerspitzen und schleudern ihre Samen in meine Hand. Rechts vor mir steht eine Baumgruppe, ein Ensemble von fünf Eichen, sie stehen locker zusammen wie fünf Persönlichkeiten und ihre Stämme schimmern graugrün in der Sonne. Einige der Äste sind mit Moos und Efeu bewachsen und das Moos ist an den Übergängen vom Stamm zu den Ästen ganz dunkel. Die Sonne bescheint die Partikel in der Luft und alles sieht milchig und weich aus. Über mir hämmert ein Specht an einen Baumstamm, ich höre einen Kuckuck und auf der anderen Seite höre ich noch einen Vogel, ich weiß nicht, was für einer das ist, aber er klingt leicht und schön und er passt genau zu diesem milchigen Licht und es ist, als würde er genau deshalb so singen.

Ich muss unbedingt noch bis zur nächsten Kurve gehen und nachschauen, was dahinter kommt. Am liebsten würde ich hinter jeden Hügel schauen. Ich erwarte immer, etwas zu finden, das noch niemand gefunden hat. Einen Schatz, ein Hexenhaus, was weiß ich. Wenn ich in Berlin in einem Stadtteil unterwegs bin, den ich nicht gut kenne, will ich auch immer um die nächste Ecke schauen und wieder um die nächste Ecke. Ich könnte immer weiter gehen, wahrscheinlich würde ich in der Wildnis verloren gehen, weil ich immer weiter gehen würde, um zu schauen, was dort kommt, und irgendetwas kommt ja immer und manchmal ist es eben diese Eichengruppe, die so locker beieinandersteht, als hätte sie jemand so arrangiert. Das ist alles eine Bühne hier, eine gewachsene Bühne, und das Sonnenlicht fällt durch die Bäume wie der Lichtkegel eines Bühnenscheinwerfers. Auftritt Zittergras. Je tiefer ich in den Wald hineinkomme, desto weniger Menschen begegne ich. Erst werden die Kinder weniger, dann die Spaziergänger, dann die Fahrradfahrer. Wenn ich weitergehe, werden sie irgendwann wieder zunehmen, weil ich in die Nähe des nächsten Ortes komme, aber hier gibt es keine Schnittmenge zwischen Wald und Ortschaft. Hier ist niemand und wer hier liegenbleibt, wird lange liegen. Zwischen den Kiefern stehen vereinzelte Buchen, helles Grün, und die Sonnenstrahlen greifen wie Finger vom Himmel auf den Waldboden, um mich herum sind nur Grün und Braun und diese Finger aus Dunst und Licht. In den Kiefern zwitschern Vögel, keine Ahnung, welche das sind. Nach einer Weile öffnet sich der Wald zu einer Lichtung. Nach hinten wird die Lichtung schmaler und der Wald enger und die Lichtung verliert sich irgendwo im Hintergrund, eine Blickachse wie von einem englischen Gartendesigner und dann tritt auf die Wiese in diese Blickachse hinein ein Reh. Es schreitet bis in die Mitte der Wiese, dann bleibt es stehen, wendet den Kopf und schaut mich an. Das ist alles wirklich echt, das ist kein Kitschclip aus dem Internet, das lässt sich nicht vorspulen oder wiederholen oder stoppen, das wird jetzt hier gerade in Echtzeit für mich aufgeführt. Vielleicht hat das Reh auch Tollwut, man weiß ja nie, ich habe im Internet gelesen, wenn ein wildes Tier auf einen zukommt, soll man abhauen. Das Reh schaut mich aber nur an. Dann wendet es wieder den Kopf und springt durch das Gras in den Wald.

Ich gehe weiter. Der Weg macht eine Kurve und am Wegrand stehen zwei Sporttaschen säuberlich nebeneinander. Etwa fünfundzwanzig Meter vor mir geht ein Mann. Er trägt eine blaue Sporttasche. Sie scheint schwer zu sein und er geht ruhig und gleichmäßig, als würde er häufig gehen. Ein Stück weiter steht eine Tasche vor einer Kiefer, und an der Kiefer festgebunden wartet ein Hund. Der Mann stellt die Tasche neben der an der Kiefer stehenden Tasche ab und geht zurück. Das heißt, er kommt auf mich zu. Mir wird kurz heiß. Ich spiele im Kopf die Möglichkeiten durch, die ich habe. Die Hand um das Handy in der Hosentasche legen ist keine, denn das Handy liegt in dem gelb-weißen Zimmer bei Anne. Umdrehen und sich langsam entfernen ist ebenso ungeeignet wie wegrennen. Wie immer in solchen Situationen, werde ich, nachdem mir heiß geworden ist, wütend. Ich bin wütend, weil Sebastian und Richard und Jan und überhaupt jeder Mann durch diesen Wald gehen könnten, ohne Angst zu haben und weil ich mir wahrscheinlich auch noch anhören müsste, ich hätte das Handy mitnehmen sollen. Aber Wut ist besser als Angst und unwillkürlich spanne ich meine Muskeln an und richte mich auf. Ich schaue dem Mann ins Gesicht. Als wir aneinander vorbeigehen, sage ich »Hallo« und er lächelt und sagt auch »Hallo«. Er hat ein rundes, braunes, offenes Gesicht. Er lacht und ich sehe seine durcheinandergewürfelten und abgebrochenen Zähne. Er ist vielleicht Anfang vierzig. Er hat blonde Haare. Er trägt einen roten Fleecepullover und eine olivfarbene Hose aus grobem Stoff. Seine Beine hat er bis zu den Knien mit blauen Plastikstreifen umwickelt, wahrscheinlich sind das zerschnittene Müllsäcke. Ich gehe weiter und bemühe mich, nicht schneller zu gehen. Ich lausche auf die Geräusche hinter mir, ob seine Schritte sich nähern, und ich warte, ob irgendetwas geschieht. Ich will mich nicht umdrehen und ich werde schon wieder wütend, denn ich drehe mich deshalb nicht um, weil ich durch Umdrehen meine Angst zeigen würde und weil Angst provozieren kann und ich das alles hier in diesem Wald mit seinen Gräsern und Sonnenstreifen abwäge und mein Verhalten korrigiere und nicht einfach meiner Wege gehen kann. Ich muss noch an den Taschen und an dem grauen Hund vorbei, der aussieht wie ein struppiger Schäferhund mit zu langen Beinen.

Der Wald schweigt mich an. Die Bäume, die eben noch so etwas wie meine Komplizen waren, stehen gleichgültig beisammen. Ihre Gleichgültigkeit, die mich eben noch so entlastet hat, empfinde ich jetzt als Verrat. Ich gehe schneller und nach einer Viertelstunde kommen mir zwei Fahrradfahrer entgegen. Wir grüßen uns. Dann kommen Spaziergänger und dann Spaziergänger mit Kindern und der Wald ist immer noch der Wald, aber er wirkt plötzlich nicht mehr so tief. Die Stadt beginnt. Eine halbe Stunde, dann bin ich da. Es wird heller und dann hört der Wald plötzlich auf und es gibt eine Straße und Häuser und bald kommen Geschäfte und alte Menschen und Menschen mit Eiswaffeln in der Hand. Es ist viel heißer als im Wald und das Licht ist greller. Ich bestelle ein Eis und Kaffee und habe überhaupt keine Lust, durch den Wald zurückzugehen. Ich muss durch den Bereich gehen, in dem es keine Schnittmenge mehr gibt zwischen Ortschaft und Wald, die Stelle ohne Radfahrer, Jogger, Spaziergänger, Eisesser. Die Stelle tief im Wald. Ich zahle und breche auf.

Im Wald ist alles blau. Blauschwarze Erde, blaugrüne Blätter, blaues Gras. Die Sonne ist untergegangen. Blaues Licht steht über dem Weg, vor mir, dort, wohin ich gehen werde, geht es über in Schwarz. Die hellgrünen Buchenblätter sind stumpf geworden, die Eichen recken ihre langen, blauen Finger in den Abend. Die aufgebrochene Rinde ist zerklüftet durch schwarze Risse. Die Farben verschwinden, der Wald wird abweisend. Der Weg wird enger und die Bäume rücken näher. Es kommt mir noch stiller vor als auf dem Hinweg. Ab und zu knackt und raschelt es neben mir. Ich wäre lieber morgens um vier am Kottbusser Tor als noch länger hier im Wald.

Am Wegrand stehen drei Taschen. Der Mann trägt gerade die vierte. Er ist vielleicht einen Kilometer weit gekommen. Er wird mich wahrscheinlich sowieso nicht verstehen, aber ich bringe es nicht fertig, ohne ein Wort an ihm vorüberzugehen. Mein Herz klopft.

»Kann ich Ihre Taschen irgendwohin bringen?«, frage ich ihn.

Er winkt ab.

»Wohin möchten Sie denn?«

»Nach Hollenberg«, sagt er.

Nach Hollenberg sind es noch etwa 90 Kilometer. Ich bin mit dem Zug daran vorbeigefahren.

»Ich könnte ein Fahrrad holen«, sage ich.

Er schüttelt den Kopf.

»Ich übernachte gleich dort drüben im Wald.«

Ich bemühe mich, nicht zu überrascht zu wirken. Ich schaue ihn an, seine mit Plastik umwickelten Beine und seine vier Taschen, und mein Herz hört auf, so schnell zu schlagen. Etwas Warmes durchströmt mich, das ist in Berlin immer noch so, wenn ich die Leute auf den Fußwegen liegen sehe, erst ist es warm und dann kommt dieses schneidende Mitgefühl. Meine Angst ist verflogen.

»Gute Nacht«, sage ich.

Er sieht überrascht aus, aber er freut sich.

»Gute Nacht«, sagt er und als ich weitergehe, winkt er kurz. Ich hatte erwartet, dass er gebrochen Deutsch sprechen würde und ich ihn wahrscheinlich nicht verstehen würde, aber er sprach ohne Akzent und keinen Dialekt.

Der Hund, den er diesmal an eine Eiche gebunden hat, bellt auf, als ich an ihm vorbeigehe.

»Leila!«, ruft der Mann und der Hund ist sofort still.

Leila. Der Name passt überhaupt nicht. Wahrscheinlich war Leila als Welpe noch nicht struppig, und wenn man im Wald lebt, sieht eben auch ein Hund anders aus als in einer Wohnung im zweiten Stock.

Als ich bei Anne ankomme, habe ich das Gefühl, dass etwas nicht stimmt. Vielleicht bin ich zu spät gekommen und sie ist verärgert. Anne sieht fahrig aus und da ruft schon Sebastian aus der Küche.

»Hallo, hallo, hallo«, sagt er und er klingt sehr dynamisch.

»Sebastian kocht heute Abend«, sagt Anne.

Sebastian kommt uns aus der Küche entgegen. Er trägt eine schwarze Schürze und auf der Schürze steht ›Chef kocht‹ und etwas kleiner darunter ›Das Schwarze einfach abschneiden‹.

»Besuch aus der Hauptstadt«, sagt Sebastian und schaut mich intensiv an, als müsste ich irgendetwas von dort mitgebracht haben.

»Ich kenne dich ja schon ein wenig durch Annes Erzählungen. Und sorry wegen gestern Abend, ich war einfach zu müde zum Reden.«

»Ist doch klar«, sage ich. »Ich war ja auch total verschlafen.«

Er reicht uns zwei Weckgläser mit Henkel.

»Feuchte Wiese, meine Spezial-Limetten-Limo«, sagt er.

In den Eiswürfeln hat er Gänseblümchen eingefroren, und zusammen mit der grünen Limonade sehen sie aus wie das Rasenstück in ihrem Garten.

»Ist nicht so harmlos, wie es aussieht«, sagt Sebastian, und als ich am Weckglas nippe, schmecke ich den Gin.

Er hat Jakobsmuscheln gekauft, dabei sind wir so weit weg vom Meer.

»Setzt euch«, sagt er.

»Ich kann doch die Schalotten schälen«, schlage ich vor.

»Ihr braucht nichts zu machen.«

Wir setzen uns mit unseren Weckgläsern auf die Couch. Er holt Thunfischsteaks aus dem Kühlschrank.

»Die haben eine Stunde lang in Balsamico und Sojasoße und etwas Knoblauch mariniert. Ich brate jetzt erst einmal die Jakobsmuscheln kurz an und dann den Thunfisch.«

Wir sitzen auf der Couch und er hält uns auf dem Laufenden, was er gerade in der Küche treibt. Er trägt Jeans und ein weißes T-Shirt und diese schwarze Schürze und ihn umgibt immer noch die gleiche, professionell angespannte Atmosphäre wie gestern Nacht. Er bewegt sich zu schnell für ein harmloses Kochen in seiner Freizeit. Er hat noch diesen Effizienzgedanken im Kopf. Wahrscheinlich mitgebracht von seiner Arbeit, verinnerlicht, und nun kann er ihn nicht mehr ablegen. Er baut sich kleine Fertigungsstraßen auf der Arbeitsplatte auf und arbeitet sich dann in einer Linie zum Herd vor. Gemüse putzen, waschen, schneiden, in einer Schüssel sammeln, würzen, in die Pfanne gleiten lassen. Auf dem Rückweg wischt er rasch mit einem Küchentuch über die Arbeitsplatte.

»Die Muscheln sind fertig«, sagt er, »Ihr könnt euch an den Tisch setzen.«

Wir bewegen uns zum Esstisch. Die Jakobsmuscheln sind köstlich, auch die Soße dazu ist außergewöhnlich gut. Wir loben Sebastians Essen, es ist süß von ihm, für uns zu kochen, es bleibt uns nichts anderes übrig, als es süß zu finden. Das Loben ist aber ein Fehler, denn er fängt an zu erklären, wie er die Soße zubereitet hat. Ich hätte mich gern mit Anne und ihm unterhalten. Anne und ich haben uns immer gut unterhalten können. Anne konnte zuhören, sie konnte zum Beispiel auf einer Imbissbank mit einem Pommes frites Ketchup und Mayonnaise aus der Pommesschale wischen oder einem Pizzaboten auf dem Fahrrad nachschauen und dabei zuhören. Wir waren wie in einer Blase und wenn man die Energieströme zwischen uns hätte messen können, dann wären da bestimmt lauter blaue Linien und Blitze gewesen. Sie sagte manchmal gar nicht viel, aber ich wusste, sie hörte zu und wenn sie etwas sagte, war es treffend und sie erinnerte sich an alles, was ich gesagt habe. Ich habe versucht, auch so zuzuhören und ich musste das richtig üben und als ich Anne mal fragte, ob ich auch so gut zuhören könne wie sie, also ob sie das Gefühl habe, ich würde ihr zuhören, sagte sie, manchmal schon.

Darum finde ich es schade, den Abend jetzt damit zu verbringen, zu erfahren, wie klein die Schalotten für die Jakobsmuscheln geschnitten werden müssen. Vielleicht ist Sebastian ja so ein Macher, jemand, der immer irgendetwas tun muss. Hoffentlich hört er Anne zu.

»Ich habe heute einen Mann im Wald getroffen. Er trug immer eine seiner vier Taschen ein Stück weiter, setzte sie ab, ging zurück und holte die nächste. Als ich ihn fragte, wohin er wollte, sagte er, nach Hollenberg.«

Anne und Sebastian sehen von ihren Tellern auf.

»Dann geht er ja in unsere Richtung«, sagt Sebastian.

»Zurzeit geht er gar nicht. Er will im Wald übernachten.«

Sebastian trinkt einen großen Schluck Wein.

»Eskalationsstufe zwei.«

Und Anne sagt: »Das macht es ja nicht gerade leichter für uns.«

Ich hätte fast gesagt, sie könnten ja den Gartenzaun höher bauen, aber nur weil es sich anbietet, so etwas zu sagen, muss man es noch lange nicht tun. Ich bin gereizt, vielleicht, weil ich das Gefühl habe, irgendetwas nicht zu verstehen und lange Zeit übersehen zu haben. Dabei meine ich nicht Annes und Sebastians Andeutungen über Zugereiste und Eskalationsstufen. Es ist ein viel älteres Gefühl, ein viel tieferes Wundern. Ich habe gedacht, ich würde Anne gut kennen, aber ich wäre nie auf die Idee gekommen, ein Mann wie Sebastian könnte ihr gefallen. Sie scheint irgendetwas gesucht zu haben, von dem ich nicht wusste, dass es ihr fehlt. Ich habe Anne also doch nicht so gut gekannt. Ich fühle mich zurückgelassen und, obwohl ich keinen Grund dazu habe, auf irgendeine Weise getäuscht. Es ist verblüffend, wie viele Facetten ein Mensch haben kann, den man gut zu kennen glaubt.

»Was meinst du damit, Eskalationsstufe zwei?«, frage ich.

»Der nächste Eindringling«, sagt Anne.

»Habt ihr deshalb diesen Zaun?«, frage ich.

»Den haben hier alle.«

»Und darum habt ihr ihn auch?«

»Wir wollen jedenfalls nicht diejenigen sein, durch deren Garten der Wolf ins Dorf gelangt«, sagt Sebastian.

»Es hat doch aber noch niemand diesen Wolf jemals gesehen!«

»Es ist unerheblich, ob es den wirklich gibt«, sagt Anne. »Wenn die Menschen Situationen als wirklich definieren, sind sie in ihren Konsequenzen wirklich. Das Thomas-Theorem. Sie fürchten sich vor irgendetwas und nennen es Wolf.«

»Und wovor fürchten sie sich?«

»Vor der Veränderung wahrscheinlich. Vor dem Neuen, das in ihre Dörfer kommt. Sie sagen ja ganz offen, mit den Zugereisten sei alles anders geworden. Sie bekommen die gutbezahlten Jobs und die Einheimischen haben plötzlich lauter Zugereiste als Chefs vor der Nase, obwohl sie doch schon seit Generationen bei den großen Firmen hier gearbeitet haben. Bei Simmler oder bei Bedix. Das lassen sie dich spüren. Sebastian bekommt das nicht so mit, der ist ja den ganzen Tag nicht da, vielleicht wäre es einfacher, wenn er in den Angelverein ginge oder zum Fußball und dort einige Männer aus dem Dorf kennenlernen würde, aber das will er nicht.«

Sebastian lacht auf.

»Es reicht mir, wenn mir beim Joggen einer meiner Mitarbeiter entgegenkommt.«

Anne lässt sich nicht stoppen.

»Sie hören natürlich sofort, wenn ich den Mund aufmache, dass ich nicht eine von ihnen bin. Ich sehe es an ihren Gesichtern, es klappt eine unsichtbare Jalousie herunter. Sie werden höflich und distanziert. Sie erschrecken fast vor mir. Im Supermarkt kontrollieren sie meinen Wagen, manchmal fragen sie sogar, ob sie in meine Tasche schauen dürfen. Als ich fragte, was das soll, wieso sie gerade bei mir nachschauen wollen, hat die Kassiererin gesagt, sie dachte, ich sei eine Kontrolleurin, die überprüft, ob die Kassiererin die Einkaufswagen korrekt inspiziert. Es ist etwas anders an mir, sie spüren es so wie ich spüre, dass sie nicht wie ich sind und ich nicht wie sie und wenn es schon mir so geht, wie muss es dann jemandem gehen, der aus der Türkei kommt oder aus Syrien oder Togo.«

Anne schiebt das Messer auf ihrem Teller hin und her.

»In Berlin haben zu Ostern immer einige Süßigkeiten für Emma vor der Haustür gelegen. Die haben die Nachbarn dort hingelegt. Emma hat hier im ersten Jahr die Tür geöffnet und weißt du, was davor lag? Genau nichts. Die Nachbarin hat ihren Kirschbaum gefällt, es seien immer so viele Kirschen, hat sie gesagt, sie wisse überhaupt nicht, wohin damit. Meinst du, sie hat Emma einmal von ihren Kirschen angeboten oder ihr erlaubt, in ihrem Garten welche zu pflücken? So sieht das aus mit dem dörflichen Idyll, mit dem Umeinanderkümmern. Du zählst nur etwas, wenn du nicht seit Jahrzehnten, sondern wenn du seit Generationen dort lebst.«

Anne war noch nicht fertig.

»Ich finde wirklich nicht, dass das, was ich sage, immer furchtbar wichtig ist. Aber ich kann mich nicht mit ihnen unterhalten. Das, wofür sie sich interessieren, interessiert mich nicht. Das, was sie wichtig finden, interessiert mich nicht.«

»Was sind denn das für Dinge?«, frage ich.

»Das, was ihr Leben unmittelbar betrifft. Alltagsdinge. Die Kinder und die Schule, die Verwandten, die viele Arbeit.«

»Darüber reden wir doch auch miteinander.«

»Ja, aber nicht so kontextlos«, sagt Anne. »Sie sind immer in der Gegenwart und die Vergangenheit existiert nur in Form von irgendwelchen Geschichten oder Traditionen. Über so etwas wie Zukunft, also eine über ihr unmittelbares Leben hinausreichende Zukunft, machen sie sich keine Gedanken. Sie sind immer beschäftigt, sie arbeiten immer irgendetwas, und doch entsteht nichts. Nichts Neues, meine ich. Sie machen Hausarbeit, Gartenarbeit und wenn sie in der Weihnachtszeit Kekse backen, ist auch das Arbeit. Als hätten sie ein Hamsterrad in der Gegenwart aufgestellt und in dem laufen sie nun herum. Alles dreht sich um ihre engsten Interessen und sie sind mit sich selbst zufrieden. Und das macht sie so selbstsicher und alles hier so unfruchtbar.«

Sebastian schaut sie betroffen an.

»Wir haben es doch schön hier.«

»Das Schlimme ist, wir halten uns für gebildet und tolerant und weltoffen und ich schaffe es nicht, mich auf diese Menschen einzustellen. Ich schaffe es nicht, mich von ihnen akzeptieren zu lassen. Ich dachte, wenn ich offen auf sie zugehe, wird das schon. So ist es aber nicht. Sie mauern. Sie fühlen sich unbehaglich in meiner Nähe. Und ich weiß nicht, liegt es an mir oder an ihnen oder an beidem zusammen. Die Geschäftigkeit erschöpft mich, als sei alle Geschäftigkeit nur darauf ausgelegt, das Bestehende mühsam zu erhalten und in eine Zukunft zu retten, die genauso aussehen soll wie die Vergangenheit und Gegenwart. Ich verstehe ihre Selbstsicherheit nicht, die sich sofort auflöst, wenn ihnen etwas Fremdes begegnet, ich zum Beispiel. Dann schließen sie sich zusammen und jeder, der anders ist als sie, bleibt außen vor. Sie merken gar nicht, wie ausgrenzend sie sind. Das geschieht wahrscheinlich vollkommen unbewusst.«

»Sie kennen sich eben alle«, sagt Sebastian. »Kaum jemand geht fort. Sie haben ihre Familie um sich und ihre Freunde stammen oft noch aus der Schulzeit. Sie brauchen uns nicht und sie haben nicht auf uns gewartet. Da dauert es eben eine Weile, bis man Zugang bekommt.«

»Wir sind fremd und doch nicht offensichtlich fremd genug, als dass das Toleranzprogramm anspringt.«

Sebastian scheint zu wissen, was Anne meint, denn er verrührt in aller Ruhe den Zucker in seinem Espresso.

»Toleranzprogramm?«, frage ich.

»Annes Lieblingsthema«, sagt Sebastian. »Gut, dass du fragst.«

»Ich glaube, dass die meisten Menschen nicht ausgrenzend oder diskriminierend sein wollen. Sie sind es aber, weil ihnen nicht klar ist, dass sie es sind. Weil wir uns an die ganzen Abwertungen, Missachtungen und Ausgrenzungen gewöhnt haben. Weil wir damit aufwachsen und nicht mehr wahrnehmen, wie ausgrenzend wir sind.«

»Na ja«, sage ich. Weil ich nicht weiß, was ich darauf sagen soll, sage ich gleich noch einmal: »Na ja«.

»Die Schwelle ist niedrig. Ich wusste nicht, wie niedrig sie ist. Es reicht, ein wenig anders zu sein. Es kommt dann nicht zu den großen Diskriminierungshämmern. Es sind die kleinen, alltäglichen Stiche und die setzen einem auch zu.«

»Sind sie wirklich so schlimm?«

»Sie sind nicht schlimm«, sagt Anne. »Sie sind nicht besser oder schlimmer als andere. Du wirst sie ja kennenlernen.«

Anne schaut mich an.

»Es hat mir nur gezeigt, wie schnell man sich selbst ausgrenzend verhält. Wie oft ich mich wahrscheinlich schon so verhalten habe.«

»Das wird bestimmt sowieso bald besser hier«, sagt Sebastian. »Ich bin jetzt im Gemeinderat. Wenn sie merken, dass man nicht nur zum Schlafen herkommt, werden sie uns eher akzeptieren. Sie werden das schon zu schätzen wissen. Das hat ja auch der Bürgermeister gesagt.«

»Ich komme nicht nur zum Schlafen her«, sagt Anne. »Und wann hast du denn mit dem Bürgermeister gesprochen?«

»Im Supermarkt. Er arbeitet an der Leergutannahme.«

Vielleicht ist das einer von Sebastians Witzen. Vielleicht hat er auch zu viel von diesem Rotwein getrunken.

»Er hat gesagt, er fände es gut, wenn die Neubürger sich im Ort beteiligen würden. Sich aktiv integrieren. Neue Ideen, neue Gedanken einbringen, das sei wichtig. Das begrüße er sehr und er freue sich.«

»Und die anderen Neuen? Schließt ihr euch nicht zusammen?«, frage ich. Anne zuckt mit den Schultern.

»Bloß neu sein reicht nicht als Bindemittel für eine Community. Bei den Neuen sind welche dabei, mit denen du dich verstehst, und welche, denen du nichts zu sagen hast. Wie überall. Und die, mit denen du dich verstehst, musst du erst einmal finden. Wie überall.«

Es klingt nicht so, als hätte Anne welche gefunden, mit denen sie sich versteht.

»Hast du eben wirklich gesagt, der Bürgermeister arbeitet an der Leergutannahme?«, frage ich Sebastian.

Er nickt.

»Bürgermeister ist hier kein Hauptberuf. Er macht das nebenbei. Eigentlich ist er Bauer. Weil das nicht reicht, arbeitet er ein paar Stunden bei der Leergutannahme.«

Sebastian stellt Ziegenkäse, Walnüsse und Rosinen auf den Tisch. Er sieht erleichtert und abgekämpft aus, als hätte er etwas Schwieriges hinter sich gebracht.

»Hat es euch geschmeckt?«, fragt er.

»Es war ein schönes Essen«, sage ich, und wir stoßen mit dem Wein an.

»Das freut mich. Ich koche gern für euch.«

Ich unterdrücke den Impuls, Anne anzuschauen. Wenn ich etwas Gönnerhaftes aus Sebastians Sätzen herausgehört habe, braucht sie es nicht noch zu merken.

»Ich schaue noch mal nach den Kindern«, sagt Anne.

»Noch Wein?«, fragt Sebastian, und ich sage ja. Dann sage ich, sie hätten ein schönes Haus, und ich sage es, weil ich denke, dass ihn das freut, jedenfalls mehr, als wenn ich sagen würde, er habe tolle Kinder.

Als ich im Bett liege, überlege ich, ob da heute Abend irgendein blauer Energiestrom gewesen war, ich glaube, es hatte auch keinen blauen Energiestrom zwischen Anne und Sebastian gegeben. Aber man täuscht sich oft bei so etwas und was Paare zusammenhält, ist manchmal für andere nicht ersichtlich. Ich ziehe die Decke über meine Schultern. Hoffentlich hat der Mann im Wald wenigstens ein Zelt.

7

Anne sticht ein kleines Loch in einen Gefrierbeutel und füllt die warme Schokolade hinein. Das Loch hat die perfekte Größe, die Schokolade ist gerade weich genug, um kontrolliert hindurchzufließen. Ich verbringe die nächste halbe Stunde damit, Schokoladenlinien auf ein mit Backpapier ausgelegtes Backblech zu spritzen. Senkrechte und waagerechte Linien, damit es ein Gitter wird. Wenn die Schokolade fest wird, halte ich den Beutel in ein Wasserbad mit warmem Wasser. Dann ziehe ich weiter die Linien. Es ist schön, sich auf dieses Linienziehen zu konzentrieren und zuzuschauen, wie die Schokolade auf das Backblech gleitet. Sie kühlt ab und wird fest und ich zerteile das Gitter mit einem Küchenmesser in vier Zentimeter große Stücke. Ich löse die Schokoladengitterstücke vom Backblech und bette die schönsten auf Butterbrotpapier in eine Schale. Anne ist mit dem Backen der Teige beschäftigt. Emma spielt, und weil Samstag ist, ist Sebastian da und trägt Friedrich herum. Wir sind extra früh aufgestanden, um alles vorzubereiten. Um zehn Uhr wird es Zeit, die Blumen zu holen. Sie müssen frisch sein. Wenn erst einmal die Mittagssonne auf sie herabknallt, werden sie schlapp.

»Hilfst du mir?«, frage ich Emma und Emma schaut Anne an. Anne zögert einen winzigen Moment, dann stimmt sie zu.

Wir gehen durch das Gartentor, das ich sorgfältig hinter uns verschließe, auf die Wiese. Wir wandern den Pfad entlang und Emma fängt schon an, die ersten Blumen abzureißen. Es gibt gelbe, violette, weiße, blaue und rosafarbene Blüten, alles wild durcheinandergesprenkelt. Ich kann unterscheiden, ob eine Rose aus Kenia kommt oder aus Ecuador, aber hier weiß ich nicht, um welche Blumen es sich handelt. Ich pflücke die Blüten, die gerade kurz davor sind, voll aufzublühen. Die schon ganz offenen und die noch grün verpackten lasse ich stehen. Emma rennt in die Wiese hinein und die Stiele reichen ihr bis zum Bauch. Ich muss an Richard denken und wie schön es wäre, wenn er jetzt hier wäre.

Wildwachsende Blumen haben meistens kleine Blüten. Ein Strauß Wildblumen sieht daher oft überhaupt nicht wild aus, eher pedantisch. An der Natur ist überhaupt ziemlich viel pedantisch. Schon die Anordnung der Kerne in der Blüte einer Sonnenblume ist festgelegt, der Versetzungswinkel ist immer gleich. Die Kerne folgen der gleichen Spirale. Im Korb einer Sonnenblume können über eintausend Kerne stecken. Davon keimen vielleicht zwei. Manchmal keiner. Effizient ist das nicht. Sebastian hätte viel zu optimieren.

Ich würde gern ein großzügiges Arrangement binden, Blumen müssen fließen, aber das ist bei Wiesenblumen nicht so einfach. In Annes Garten habe ich Ringelblumen gesehen. Ringelblumen sind immer entspannt und locker. Wenn jeweils eine von ihnen die Protagonistin im Gesteck ist und wir große Bündel Wiesenblumen drumherum binden, sieht es bestimmt schön aus.

Statt mit Blumen kommt Emma mit einer Schnecke auf der Hand aus der Wiese zurück. Wir schauen eine Weile zu, wie sie ihre Fühler in die Luft reckt und blitzschnell zurückzieht, wenn Emma mit dem Finger vorsichtig daran tippt.

»Von wegen Schneckentempo«, sage ich.

»Die kann das richtig schnell«, sagt Emma. »Die nehme ich mit nach Hause.«

Ich stelle mich auf Ärger ein, auf einen Wutausbruch und Tränen. Vielleicht rennt Emma auch fort, durch die Wiese, und ich kann sie dann mit meinem Arm voller Blumen wieder einfangen. Ich versuche möglichst ruhig zu sagen: »Die wohnt doch hier auf der Wiese. Die will hier sein, bei den anderen Schnecken.«

Emma denkt nach.

»Magst du ein paar Blumen tragen?«, frage ich. »Mir fallen sonst noch welche runter.«

»Keine Lust«, sagt Emma und läuft vor mir her nach Hause.

Auf der Terrasse schneide ich die Stiele mit den schönsten Blüten zurecht. Dann hole ich ein paar von Annes Ringelblumen und binde die Gestecke zusammen. Anne und ich tragen den Esstisch nach draußen und Emma verteilt die Gestecke darauf.

»Sieht toll aus«, sagt Anne.

Sie überzieht die Himbeer-Kuppeltörtchen mit Himbeer-Glasur. Sebastian liegt auf der Couch und tippt auf seinem Tablet. Plötzlich hören wir ein Surren. An der Terrassentür steht etwas Blaues in der Luft.

»Eine Drohne!«, ruft Emma. Sie schlägt die Terrassentür zu. Das blaue Flugobjekt fliegt gegen die Scheibe. Der Aufprall auf dem Glas ist dumpf und laut. Dreimal fliegt es dagegen.

»Das will rein, das zerhämmert das Fenster!«, ruft Emma.

Irgendwie denke ich, es ist Sebastians Aufgabe, ihr zu sagen, was es ist, aber er ist mit seinem Tablet beschäftigt. Ehe ich sagen kann, es ist bloß eine Libelle, ist Emma zu Anne gerannt.

Dann ist es vier Uhr und sie kommen. Es sind sechs Nachbarn, drei Paare. Sie bringen Blumen mit, aufwendige Sträuße mit Gerbera und Lilien und einen Orchideentopf. Sie wirken befangen. Sie sind still und sagen wenig.

»Es ist so schön draußen, wir haben im Garten gedeckt«, sagt Anne.

Eine kleine Prozession läuft durch das Wohnzimmer auf die Terrasse. Annes Kunstwerke stehen auf Etageren zwischen meinem Wildblumenschmuck. Sie sagen nichts dazu und mir wird kalt. Es wird schiefgehen, denke ich, es fängt gerade an, schiefzugehen. Wir hätten grillen sollen und Sebastian hätte seine bescheuerte Schürze tragen sollen.

»Hier ist Kaffee und hier ist Tee. Wasser und Saft stehen dort drüben.«

Anne geht herum und schenkt den Kaffee ein. Dann legt sie die Hand auf meine Schulter.

»Das ist meine Freundin Kim aus Berlin.«

Sie nennt anschließend die Namen der Nachbarn und ich versuche, sie mir zu merken. Ich muss eigentlich immer erst länger mit Leuten geredet haben, bis ich mir ihre Namen merken kann.

»Die Holzterrasse ist aber keine Lerche, oder?«, fragt einer der Männer und schiebt seinen Bauch vor. Er heißt Peter. Er trägt ein kariertes Hemd und hat den Bauch auch so vorgeschoben, als Anne mir seinen Namen nannte. Er fragt eigentlich Sebastian, er hat ihm den Kopf zugewandt, und er sieht überrascht aus, als Anne antwortet.

»Wir haben lange überlegt. Wir wollten unbedingt Holz, das fühlt sich an den Füßen gut an und wird nicht so heiß wie Stein. Wir hätten gern Lerche genommen, heimische Lerche, wenn möglich, aber Lerche splittert, und das fanden wir wegen der Kinder nicht so gut. Tropenholz wollten wir auf keinen Fall, Bambus auch nicht, wegen des Problems mit den Monokulturen. Das ist jetzt Thermoesche. Das schien uns die umweltverträglichste Variante zu sein.«

Peter schweigt. In die Stille hinein sagt eine sportlich aussehende Frau, während sie die Tarte tiède au chocolat noir betrachtet: »Da hat sie sich ja richtig Mühe gemacht.« Sie meint Anne. Es klingt, als sei es nicht nötig gewesen, sich so viel Mühe zu machen, und Anne nur zu blöd, es zu bemerken. Vielleicht haben sie sich irgendwann auf das Du geeinigt, das sie nun nicht über ihre Lippen bringt, und darum spricht sie Anne in der dritten Person an. Sie trägt eine lange weiße Bluse und eine Jeans und über der Bluse baumelt eine lange Kette mit einem Anhänger. Ich glaube, sie heißt Ingrid.

»Ich mache das gern. Es macht mir Spaß«, sagt Anne. »Ich hoffe, es schmeckt euch.«

»Ich bin nicht so für Kuchen«, sagt ein anderer Mann. Er schwitzt und sein blaues Hemd spannt an der Brust.

»Dann nimm den roten da, Michael«, sagt seine Frau. »Der ist mit Frucht.« Sie heißt Maria. Ich habe mir den Namen gemerkt, weil ihr weites Oberteil mit großem Muster mich an die Frau erinnert, der ich auf der Wiese begegnet bin. Zu ihrem Friseur hat Maria bestimmt gesagt, sie wolle einen praktischen Haarschnitt, kurz und im Nacken nicht zu lang.

»Das ist ein Himbeertörtchen«, sagt Anne.

Ich möchte ihr helfen, ihr irgendwie beispringen, aber mir fällt nichts ein. Ich suche Sebastian, er sitzt am Tisch und schaut in die Runde. Er scheint nicht zu wissen, was zu tun ist. Vielleicht hält er sich auch einfach nur heraus.

»Sie ist in der zweiten Angstphase«, sagt Ingrid. »Sie hat die erste jetzt hinter sich und nun kommt die zweite.«

»Da muss man durch. Wie bei Kindern«, sagt Maria.

»Sie hat plötzlich die Biotonne angebellt. Ließ sich überhaupt nicht beruhigen.«

»Ich habe mein Schlafzimmer gestrichen. Ich habe Wilfried gesagt, er soll mir die Möbel in die Mitte räumen. Dann habe ich alles sauber abgeklebt und neu gestrichen. Creme und an der Stirnseite ein dunkles Rot.«

Langsam kommt ein Gespräch in Gang. Sie kennen sich seit langem und sie kennen sich gut. Sie wissen gleich, was gemeint ist.

»Von der letzten Baustelle hatte Peter ein paar Steinplatten übrig und er hat Löcher hineingebohrt. Er kann ja nichts wegwerfen und er meinte, das würde ein schöner Kerzenständer. Erst hat er einen halben Zentimeter breit gebohrt, dafür kriegst du doch keine Kerze, also hat er eine andere Steinplatte genommen und größere Löcher gebohrt.«

Cornelia sticht mit der Kuchengabel in den Schokoladenkuchen, unbeteiligt, wie ich finde, und isst ihn kommentarlos. Ihr roter Zopf wischt über ihren Nacken, als sie sich wieder zur Tischnachbarin dreht.

»Dann hat er die Löcher in der Steinplatte mit Wachs ausgegossen und Dochte hineingetan. Wir haben das abends im Garten aufgestellt und die Kerzen angezündet, als es dunkel wurde. Peters gegossene Kerzen sind leider bald ausgegangen, nicht, weil das Wachs nicht reichte, sondern weil der Docht zu schnell verbrannt ist. Er war viel zu dünn für so viel Wachs. Kerzen ziehen muss man können, es steckt doch bei allem immer mehr dahinter, als man zunächst vermutet.«

»Du musst beim Hund immer möglichst unterschiedliche Klänge einsetzen. Bei Super und Gut ist das nicht so schlimm, weil es beides das Gleiche bedeutet. Bei Fein und Nein ist das anders und das verwirrt den Hund. Es kaufen sich viele einen Hund und wundern sich dann, wenn sie nicht mit ihm zurechtkommen. Woher soll der Hund wissen, dass du verschiedene Dinge meinst, wenn du nein oder fein sagst.«

»Ich nähe dann noch Gardinen dazu. Creme, denke ich, vielleicht auch etwas mit Rot.«

Ich versuche, mich in das Gespräch einzuschalten.

»Ich habe gestern einen Mann getroffen, der zu Fuß nach Hollenberg wollte. Er hatte vier Taschen dabei, schwere Taschen, die er einzeln den Weg entlang trug, immer jeweils eine.«

»Im Wald ist noch jemand unterwegs?«, fragt Michael.

»Wieso noch jemand?«

»Hier treibt sich ja noch etwas herum.«

»Wer?«

»Der Wolf.«

»Ach, der Wolf«, sage ich erleichtert.

»Sie glauben das nicht? Sie glauben nicht, dass hier ein Wolf herumläuft?«

»Na ja«, sage ich.

Anne schaut mich eindringlich an.

»Und was ist das hier?«

Er greift in die Tasche seiner über der Stuhllehne hängenden Jacke. Er hält mir einen Gipsabdruck entgegen.

»Sehen Sie? Wolf.«

Vielleicht war es auch nur ein im Matsch zerlaufener Abdruck einer Hundepfote. Ich betrachte den Gipsabdruck und nachdem ich ihn lange genug betrachtet habe, steckt der Mann ihn wieder in seine Jackentasche.

»Ich frage mich, was wohl in diesen schweren Taschen war«, versuche ich, das Thema zu wechseln.

»Diebesgut«, sagt Ingrid.

»Warum soll das denn Diebesgut gewesen sein?«, fragt Anne. »Ich meine, warum nehmen Sie denn gleich das Schlimmste an?«

»Was soll denn sonst darin gewesen sein. Für ein paar Habseligkeiten braucht man doch keine vier Taschen.«

Ingrid schaut sich in der Runde um, als suche sie Komplizen.

»Aber wir wissen es doch nicht. Es ist doch unfair, gleich das Schlimmste anzunehmen und den Mann zu verdächtigen. Solange wir nicht wirklich wissen, was darin ist, sollten wir nicht behaupten, es sei Hehlerware.«

»Ich habe nicht gesagt, dass es Hehlerware ist. Obwohl der ein oder andere aus Wagbach wahrscheinlich sein Handy und sein Notebook in diesen Taschen wiederfinden würde. Die Einbrüche haben ja massiv zugenommen. Massiv. Richtige Wellen sind das. Und wenn sie schon in Wagbach sind, dann sind sie auch bald hier.«

»Sie haben im Carport das Radio aus dem Auto herausgeklaut. Die Nachbarn haben bei offenem Fenster geschlafen und nichts gehört. So einem möchte ich nicht begegnen. Man bringt ahnungslos den Müll raus und trifft auf diese Leute, die sich am Auto zu schaffen machen. Im Carport sind sie ja quasi gefangen. Wenn die sich dann in die Ecke gedrängt fühlen, dann kann sich ja jeder ausrechnen, dass die zuschlagen.«

»Die Anzahl der Gewalttaten hat abgenommen. Die Anzahl der Einbrüche auch. Die Kriminalstatistik belegt das eindeutig«, sagt Anne.

»In Unterwald hat es aber zum Beispiel wieder Einbrüche gegeben«, widerspricht Cornelia. »Ich schließe alles ab. Immer. Türen und Fenster, alles verriegelt. Wenn die Einbrecher nicht innerhalb weniger Sekunden ins Haus kommen, versuchen sie es nicht weiter und probieren es beim Nachbarn.«

Alle schauen Cornelia an.

»Ich meine ja nur, es zeigt, wie wichtig es ist, immer alles abzuschließen«, sagt Cornelia und ihr roter Zopf schwingt hin und her.

»Die sinkenden Einbruchszahlen haben sicher mit dem verbesserten Einbruchsschutz zu tun«, sagt Anne. »Und jeder Einbruch, der nicht stattfindet, ist natürlich positiv. Aber ein verbesserter Einbruchsschutz löst nicht das ursächliche Problem. Da sind sicher andere Maßnahmen notwendig. Beim Thema Gewalt unter Jugendlichen gibt es zum Beispiel einen spannenden Zusammenhang. Die Gewalt unter Jugendlichen hat nämlich abgenommen und man bringt das unmittelbar damit zusammen, dass Kinder nicht mehr so häufig geschlagen werden wie früher. Wer nicht geschlagen wird, schlägt nicht. Der Zusammenhang ist evident.«

»Möchte noch jemand Himbeertörtchen?«, frage ich. »Oder Kaffee?«

Anne will diskutieren, die anderen wollen erzählen und Anne merkt es nicht. Sie wollen nicht beim Thema bleiben, sie wollen ihre Gedanken schweifen lassen und über die Ereignisse sprechen, bei denen die Gedanken gerade hängenbleiben. Anne schaut überrascht, aber das ist jetzt egal. Ich verteile Kuchen und Kaffee.

»Es wäre doch schade, wenn so viel übrig bleibt.«

So schnell lassen sie sich aber nicht vom Thema abbringen.

Maria beugt sich zu mir.

»Wenn hier wirklich einer rumläuft, lass ich die Wäsche nicht mehr draußen hängen. Vier Taschen, sagten Sie?«

»Das waren bestimmt bloß seine Habseligkeiten. Und wenn er wirklich im Wald übernachtet und es läuft dort ein Wolf herum, dann ist ja er in Gefahr«, sage ich.

»Aus dem Wald kam noch nie etwas Gutes«, sagt Maria. Michael nickt.

»Was kam denn aus dem Wald?« frage ich.

Sie lacht, als wäre sie verlegen.

Ich schaue Anne an. Sie zuckt unmerklich mit den Schultern.

»Das erzählt man sich hier so. Das sind so Geschichten von früher«, sagt Michael.

»Was erzählt man sich denn so?«

Ich freue mich auf Geschichten von früher, auch wenn sie schaurig sind. Ich erinnere mich an einen Urlaub auf einem Bauernhof in Tirol, wo der Bauer von den Jochkrähen, die in den Bergen umherflogen, erzählte, und den Lämmern, die sich vor den Jochkrähen in Felsspalten versteckten und den Mutterschafen, die vor den Felsspalten verharrten. Die Jochkrähen warteten auf Felsvorsprüngen und flogen hin und wieder auf, als wollten sie zeigen, dass sie noch da sind und warten. Irgendwann kamen die Lämmer doch hervor, um zu trinken, und das war der Moment, auf den die Jochkrähen gewartet hatten.

»Der Hochweg im Wald war der alte Handelsweg zwischen Niedeck im Westen und Schlehrtal im Osten. Da sind die Postkutschen gefahren und die Händler mit Stoffen und Gewürzen und die sind natürlich auch überfallen worden. Auch hier bei uns, wo der Wald so dicht ist. Und früher sollen sich hier Soldaten zurückgezogen haben.«

»Im Zweiten Weltkrieg?«

Er winkt ab.

»Viel früher.«

Wahrscheinlich meint er den Dreißigjährigen Krieg. Diffuse Bilder, jahrhundertealte Skepsis, die immer weitergegeben wird, so etwas hält sich über viele Generationen.

»Wie stehen deine Bohnen?«, fragt Maria.

Cornelia schüttelt den Kopf.

»Schlecht. Es ist zu trocken.«

Sie unterhalten sich über ihre Bohnen, über ihre Gärten und Arbeiten am Haus, als hätte es das Gespräch von eben nicht gegeben. Und als hätten sie alle ein geheimes Signal erhalten, brechen sie auf. Alle auf einmal, keiner will zurückbleiben, und sie gehen durch den Garten. Vielleicht erscheint ihnen das Haus zu fremd und sie wollen es nicht noch einmal durchqueren. Anne und Sebastian begleiten sie und als sie zurückkommen, geht Anne gleich ins Haus und Sebastian fängt an, das Geschirr abzudecken. Ich nehme eine Etagere. Es liegen noch viele Törtchen darauf. Wir tragen das Geschirr in die Küche. Anne steht in der Küche und lehnt an einer der Granitplatten. Sie sieht blass aus.

»Es war doch schön«, sage ich. »Es war ein Anfang.«

»Sie haben sich total unwohl gefühlt«, sagt Anne.

Sebastian legt den Arm um sie, aber sie schüttelt ihn ab.

»Lass sie doch«, versuche ich es. »Kümmere dich nicht weiter um sie.«

Anne schaut mich an.

»Kim, ich lebe jetzt hier. Meinst du, ich habe Lust, hier als Alien zu leben? Meine Kinder werden hier in den Kindergarten gehen, zur Schule. Ich werde hoffentlich irgendwann hier arbeiten. Was ist, wenn wir krank werden? Eine Magen-Darm-Grippe. Wer kauft für uns ein? Meine Eltern, 400 km weit weg? Wen soll ich anrufen? Dich? Damit du in schlappen sechs Stunden da bist?«

»Ich bin doch da«, sagt Sebastian.

Anne funkelt ihn an.

»Du bist nie da. Soll ich im Meeting anrufen? Wir liegen alle flach mit Magen-Darm-Grippe, komm bitte vorbei und bring Salzstangen mit? Was willst du dann sagen? Tut mir leid, Sie sind zwar gerade aus den USA hergeflogen, aber ich muss mich jetzt ums Baby kümmern? Sebastian, wir brauchen hier vor Ort jemanden. Jemanden, den die Kinder kennen und mögen und der sofort da ist, wenn etwas passiert. Ich kann es mir nicht leisten, isoliert zu leben. Aus dem Grund versuche ich gerade, hier ein Netz aufzubauen. Es wäre hilfreich, wenn du dich ein wenig daran beteiligen würdest und nicht nur stumm dasitzt und dich innerlich über sie amüsierst. Sie haben Großeltern und Geschwister und Nichten und Neffen und Schulfreunde und was weiß ich nicht alles um sich. Sie brauchen uns nicht. Aber wir brauchen sie. Ich brauche sie.«

»Anne …«, versucht es Sebastian.

»Ich will hier einbezogen sein, verstehst du. Ich kann mich nicht in mein Büro zurückziehen zu Kollegen und Geschäftsreisen und Meetings. Ich lebe jetzt hier. Wir leben jetzt hier.«

»Vielleicht hättet ihr grillen sollen«, sage ich. »Nackensteaks und Bratwürste.«

»Kim, warum soll ich grillen, wenn ich doch Kuchen für sie machen wollte?«

»Es wäre vielleicht einfacher für sie gewesen.«

»Ich soll also grillen, um ihnen zu gefallen?«

»Kim sagt doch nur, dass es einfacher für sie gewesen wäre, wenn wir gegrillt hätten«, sagt Sebastian.

»Ich bin also schuld, weil ich anders bin? Der Fremde ist schuld an seiner Fremdheit und soll sich gefälligst anpassen? Dann sagt mir bitte, wie weit ich mich eurer Meinung nach anpassen muss. Was ich ihnen zumuten kann. Dann sagt mir aber bitte auch, wann die Selbstaufgabe anfängt.«

»Anne …«

Sebastian legt den Arm um ihre Schultern und Annes Anspannung löst sich etwas.

»Ich dachte, wenn sie sehen, dass ich etwas kann, das ihnen vertraut ist, werden sie mich eher akzeptieren. Kuchen backen, Torten verzieren, so etwas ist ihnen doch nicht fremd.«

Ich streiche über Annes Arm.

»Du stellst ihre Lebensweise infrage. Schon allein dadurch, dass du etwas anders machst. Das verunsichert sie«, sagt Sebastian. »Es hat doch mit dir persönlich nichts zu tun.«

»Wenn ich hier auf einer einsamen Insel hocke, hat das sehr viel mit mir persönlich zu tun. Und mit unseren Kindern auch.«

Anne schüttelt ihr Haar und löst sich aus Sebastians Arm. Wir tragen die Blumen ins Wohnzimmer, die Stühle, den Tisch.

Ich gehe früh zu Bett. Die Stille draußen, die Stille im Haus legt sich auf meine Brust.

Nachts werde ich wach. Ich weiß nicht, was mich geweckt hat, aber irgendetwas ist anders. Ich bin nicht allein im Raum. Rechts über mir höre ich etwas flattern und gleich darauf vor mir und dann links. Es ist ganz dunkel in meinem Zimmer, es kann kein

Vogel sein. Ich überlege, was nachts fliegt und mir fallen nur Fledermäuse ein. Ich überlege, ob ich das Licht einschalten soll oder ob eine Fledermaus dann irritiert ist und angreift und Tollwut überträgt. Es dauert bestimmt lange, an ein Impfserum zu kommen. Ich mache Licht und eine Fledermaus, so groß wie eine kleine Amsel, kreist durch mein Schlafzimmer. Sie sieht aus wie ein kleiner schwarzer Batman. Sie zieht ihre Kreise so elegant und gleichmäßig, als sei sie in der Mitte der Zimmerdecke aufgehängt. Ich öffne den zweiten Fensterflügel. Die Fledermaus fliegt noch eine Runde und verschwindet durch das Fenster in die Nacht. Es ist warm in meinem Zimmer, aber ich schließe beide Fenster und ziehe die Gardinen zu.

8

Am nächsten Abend kommt Sebastian spät und am übernächsten auch. Ich bin im Wohnzimmer und sammle ein paar Spielsachen von Emma ein, als er kommt, und ich höre Anne und Sebastian miteinander reden.

»Geh nicht mehr hoch zu ihr«, sagt Anne. »Sie wird nur wieder wach, wenn du jetzt hoch gehst, und morgen ist sie dann unausgeschlafen.«

Es scheint Sebastian nichts auszumachen. Er sagt »Ok« und wirft die Krawatte auf den Esstisch.

»Willst du noch etwas essen?«, fragt Anne.

»Nein. Danke.«

»Emma fragt nicht mehr, wann du kommst«, sagt Anne.

»Siehst du, sie gewöhnt sich daran«, sagt Sebastian. Er legt sich auf das Sofa und schaltet den Fernseher ein.

»Hast du daran gedacht, morgen eher da zu sein?«

»Morgen?«

»Friedrich muss zum Kinderarzt. Wir hatten ausgemacht, dass du das übernimmst.«

»Ach, verdammt«, sagt Sebastian.

Er greift nach seinem Handy.

»Wann denn morgen?«

»Um 15 Uhr.«

Annes Stimme klingt schrill. So eine Stimme habe ich von ihr noch nie zuvor gehört. Wir haben mal Flugtickets im Hostel vergessen, als wir gemeinsam verreist waren. Es war nicht klar, wer genau die nun liegengelassen hatte. Ich glaube, ich, und selbst da hatte Anne nicht so eine Stimme.

»Das ist ganz blöd jetzt«, sagt Sebastian und er hat so eine Business-Stimme, bei der von vornherein klar ist, wie die Sache ausgeht. »Um 14 Uhr habe ich Meeting.«

»Wir haben ausgemacht, dass du zum Arzt fährst!«

»Mag sein. Sorry. Ich habe den Termin nicht gleich geblockt und nun ist etwas anderes reingekommen.«

Anne sieht aus, als würde sie noch viel sagen wollen und ich glaube, sie sagt nur deshalb nichts, weil ich da bin und sie nicht vor mir mit Sebastian streiten will. Ich habe Anne noch nie so wütend gesehen.

»Ich kann ja mit Emma hierbleiben und du fährst mit Friedrich zum Arzt«, schlage ich vor.

»Ist doch super, wenn das geht.« Sebastian legt zufrieden das Handy weg.

»Ich hatte mich auf einen Nachmittag mit Kim gefreut. Mit Kim und Emma.«

»Tut mir leid. Das ist wirklich wichtig morgen. Ihr könnt doch übermorgen etwas Schönes machen.«

»Ich kriege das schon hin«, sage ich. Anne schaut mich an, als wolle sie prüfen, wie ich das meine, denn es geht nicht darum, ob Emma und ich miteinander klarkommen, jedenfalls nicht hauptsächlich, denn eigentlich geht es um etwas ganz anderes.

Emma spielt auf der Terrasse, als Anne mit Friedrich am nächsten Tag aufbricht. Das Haus ist leer und mir wird erst jetzt so richtig klar, wie groß es ist. Große Häuser sind schwierig zu bewohnen. Es gibt immer Ecken, die unbelebt sind, in denen nichts stattfindet und in Annes Haus sind es sogar ganze Zimmer. Ohne das Gästezimmer. Vielleicht wollen sie ja auch noch zwei weitere Kinder bekommen und die Zimmer warten auf diese Kinder.

Es ist still im Haus. Ich stelle mir vor, wie es wäre, mit Richard hier zu wohnen. Wir würden den Zaun abreißen, und wenn überhaupt, hätten wir einen Holzzaun. Ich bringe zwei Gläser Wasser nach draußen und setze mich auf einen der Korbgeflechtsessel. In der Ferne höre ich ein Motorengeräusch, das näher kommt. Emma horcht auf. Wir gehen zum Gartenzaun und schauen auf die Wiese und von links, von der Landstraße her, nähert sich ein Traktor. Er zieht einen mächtigen Anhänger mit silbrig schimmernden Metallscheiben. Er fährt direkt auf die Wiese und fängt an zu mähen. Emma und ich schauen zu, wie er die Blumen und Gräser abrasiert. Er mäht die Wiese in langen Streifen und er fährt auch über den Weg in der Wiese und der Weg ist zwischen den gefällten Gräsern und Halmen nicht mehr zu erkennen. Es riecht nach feuchtem Gras. Der Traktor kommt auf den Gartenzaun zugefahren und als er nah an unserem Garten ist, sind es Maria und Michael. Sie winken und wir winken zurück und dann bleiben sie tatsächlich stehen. Ich öffne das Gartentor und wir gehen aus dem Garten.

»Wir sind ein bisschen hastig aufgebrochen vor ein paar Tagen«, sagt Maria und steigt vom Traktor herunter. »Ich musste die Hühner füttern und Ingrid musste auch ihre Hühner füttern.«

»Schon in Ordnung«, sage ich. Und weil ich so überrascht bin, frage ich:

»Sie haben richtige Hühner?«

»Aber sicher sind das richtige Hühner. Ich zeig Ihnen mal was.«

Michael stellt sogar den Motor ab. Vor Annes Garten parkt jetzt ein Mähfahrzeug. Maria holt ihr Handy aus ihrer Hosentasche. Ein ziemlich neues Handy, und sie hält es mit ihren rissigen, verfärbten Fingern. Sie hat irgendetwas intensiv Färbendes zubereitet, das sie nicht hat abwaschen können. Rote Bete, Himbeeren, irgend so etwas. Sie gibt mir das Handy, was ich nett finde. Meistens gibt man das Handy nicht aus der Hand. Wenn man etwas zeigen will, hält man es den anderen hin. Man legt sein Leben nicht in andere Hände. Ich halte Marias Handy und sie spielt einen Film ab. Einen Film von ihren Hühnern. Ich hocke mich hin, damit Emma besser sehen kann. Eine weiße Henne schreitet über das Stroh, um sie herum flitzen ihre gelben Küken. Die Henne pickt hier und pickt da, ruhig und wachsam, und lässt sich auf dem Stroh nieder. Zwei der Küken kommen gerannt und verschwinden unter ihrem Gefieder. Das Gefieder ist in Bewegung, beult sich aus, hebt sich und senkt sich wieder. Das ist nicht die Henne, das sind die Küken, die sich darunter bewegen. Eines der Küken steckt den Kopf aus dem Gefieder, dreht mit kurzen, ruckartigen Bewegungen den Kopf und verschwindet wieder im Gefieder. Auf der anderen Seite kommt ein Küken herausgeschossen und eilt über das Stroh. Die Henne ruht.

»Das ist schön«, sage ich.

»Es ist bloß ein alter Stall«, sagt Maria. »Wir haben ihn dieses Jahr frisch gekalkt.«

»Das sieht aus wie ein Gemälde. Das Licht ist schön.«

Sonnenstrahlen fallen durch ein Fenster oder eine Tür auf das Stroh und die unebene, weißgekalkte Wand.

»Kann ich es noch einmal anschauen?«

Die Henne. Die Glucke. Die Küken können kommen und gehen.

»Sie hält sie nicht fest. Sie können gehen.«

»Sie meinen die Glucke?«

»Ja. Sie hält sie ja gar nicht fest.«

»Sie meinen, weil es Gluckenmutter heißt?«

»Ja.«

»Sehen Sie, jetzt haben Sie noch etwas gelernt.«

Sie lacht und schaut mich an, ob sie zu weit gegangen sei.

»Jetzt verstehen Sie vielleicht, warum wir den Wolf hier nicht haben wollen.«

»Ach Michael«, sagt Maria. »Jetzt lass das doch mal mit diesem Wolf.«

»Da drüben ist er in einen Stall eingebrochen. Das weißt du doch, Maria.«

»Hier im Ort?«, frage ich und hoffe, nicht zu erschrocken zu klingen. Ich will Emma keine Angst machen.

»Nicht weit von hier.«

»Aber nicht hier im Ort?«

»Weiter drüben.«

Er zeigt mit dem Arm in Richtung Wald.

»Kommen da denn Orte«, frage ich. »Da ist doch nur Wald, dachte ich.«

Er schwenkt den Arm ein bisschen weiter.

»Ich habe davon gelesen, in Roth war das, und wenn sie schon in Roth sind, dann sind sie auch bald hier.«

»Haben Sie denn schon mal einen gesehen?«, frage ich und er schaut mich an, als sei das eine ganz eigenartige Frage.

»Natürlich habe ich schon einmal einen gesehen.«

Ich sage nichts und wir schauen uns an. Er wartet auf eine weitere Frage, aber ich frage sie nicht. Er weiß, dass ich ihn gerade verschone, weil ich ihn nicht frage, ob er ihn hier gesehen habe.

»Wenn er kommt, werden wir mit dem Wolf genauso zurechtkommen wie mit solchen Leuten wie ihrer Freundin und deren Mann. Wir kommen mit allem zurecht.«

Maria fasst ihren Mann am Arm.

»Jetzt komm. Wir müssen heim.«

»Man muss mit meiner Freundin nicht zurechtkommen«, sage ich. »Und mit Sebastian auch nicht. Sie sind doch keine Katastrophe.«

Michael beugt sich vor.

»Sie kommen hierher und sind jung und stark und die Frauen schauen einen geradeheraus an und sie bauen sich große Häuser und vor den Häusern stehen große Autos. Wir haben seit Generationen hier gelebt und wir haben keine großen Autos vor den Häusern stehen, jedenfalls nicht solche, und wir haben auch solche Häuser nicht. Wenn wir in unsere Firmen zur Arbeit gehen, sind sie da. Natürlich sind sie da, diese Häuser müssen ja bezahlt werden, aber wir sind seit Generationen da und sie kommen von irgendwoher und sprechen anders und in unseren Firmen, in denen wir seit Jahrzehnten arbeiten, sind sie auf einmal unsere Chefs und wir müssen tun, was sie sagen. Was wissen die schon von uns, von der Gegend hier, von der Firma? Nichts außer das, was sie an ihren Universitäten gelernt haben.«

»Michael«, sagt Maria.

»Sie tun freundlich und es ist nichts dahinter, nichts, denn in einigen Jahren sind sie wieder weg, um den nächsten Schritt ihrer Karriere zu machen. Alles, was von außen kommt, macht einem das Leben schwer und bringt alles durcheinander.«

Er steigt auf seinen Traktor.

»Auf Wiedersehen«, sagt Maria. »Es ist alles nicht so leicht.«

Michael startet den Motor. Dann drückt er auf das Gaspedal und lässt Emma und mich in einer Dieselwolke zurück.

»Der Mann war wütend, oder?«, fragt Emma. »Warum war der so wütend?«

»Ich glaube, es ist ein bisschen so, als würde man jahrelang mit einem Fahrrad fahren, das man toll findet, und man will auch kein anderes Fahrrad fahren. Und dann kommt jemand mit einem anderen Fahrrad, von dem man nie geglaubt hätte, dass es so ein Fahrrad gibt und dass es überhaupt fährt. Auf einmal ist man dann nicht mehr so sicher, ob das eigene Fahrrad wirklich so toll ist.«

Wir kehren in den Garten zurück und ich gehe ins Haus, um Eis zu holen. Emma spielt im Garten. Ich hole zwei Packungen aus dem Tiefkühlfach, Schokolade und Erdbeer, und schäle mit dem Edelstahl-Portionierer, den ich in einer der Küchenschubladen finde, zwei Kugeln aus der Packung, stecke noch zwei Waffeln in die Kugeln und stelle die Schüsseln und zwei Gläser auf ein Tablett. Im Haus und draußen ist es ganz still. Es ist zu still.

»Emma!«, rufe ich.

Es bleibt still. Ich renne durch das Wohnzimmer auf die Terrasse. Emma steht auf dem Rasen, blass und stumm, und schaut mich mit großen Augen an. Einige Meter vor ihr steht der Wolf.

»Bleib ganz ruhig, Emma«, sage ich. »Geh langsam zum Spielhaus und klettere hinauf. Nicht rennen.«

Als Emma sich bewegt, duckt sich das Tier und fixiert sie aus kleinen aufmerksamen Augen. Es sträubt sein graues, struppiges Fell. Ich gehe langsam vorwärts und versuche, in die Ferne zu schauen, weil ich gelesen habe, dass man wilden Tieren nicht in die Augen blicken soll. Nicht zu wissen, ob der Wolf vielleicht gerade zum Sprung ansetzt, ist aber unerträglich und ich schaue doch wieder hin. Ich gehe langsam vorwärts. Ich will zwischen Emma und dem Wolf stehen.

»Bist du jetzt oben, Emma?« Ich versuche, meiner Stimme einen ruhigen, gleichgültigen Klang zu geben. Ich wage es nicht, mich umzudrehen.

»Ja.«

Dann versuche ich es.

»Leila«, sage ich und bewege mich in Richtung Gartentür. Sie steht offen.

»Leila, komm.«

Leilas Fell glättet sich. Die Entspannung läuft von ihrem Kopf über ihren Rücken bis in die Schwanzspitze. Sie bewegt den Schwanz ein wenig und trottet dann zur Gartentür. Ich gehe zur Tür hinaus und rufe sie noch einmal, und als sie auf der Wiese steht, gehe ich in den Garten und schließe schnell die Gartentür.

»Alles in Ordnung, Emma«, rufe ich. »Du kannst wieder runterkommen. Das war kein Wolf.«

Ich hebe Emma vom Gerüst und sie lässt sich von mir in den Arm nehmen.

»Das war ein Hund«, sage ich. »Ein neugieriger Hund. Ich weiß auch, wem er gehört.«

»Er ist einfach in den Garten gekommen.«

»Wahrscheinlich habe ich die Gartentür nicht richtig zugemacht.«

»Sie muss immer zu sein.«

Hoffentlich ist Anne nicht wütend auf mich. Ich habe das einfach nicht so ernst genommen mit dieser Gartentür. Eigentlich ist es noch mehr. Ich finde es lächerlich, sich gegen einen Wald mit einem Zaun abzuschirmen. Die Wahrscheinlichkeit, dass wirklich einmal etwas Gefährliches vorbeikommt und sich dann auch noch von diesem Zaun abhalten lässt, ist viel geringer, als die Gefahr, die sich aus diesem ständigen Abschirmbedürfnis ergibt. Ich habe die Gartentür nicht absichtlich offengelassen. Es ist passiert, weil ich es nicht so wichtig fand. Anne und Sebastian sehen das anders und es tut mir auch leid, dass Emma sich erschrocken hat.

»Der hat hier im Garten gestanden?«, fragt Anne und schaut auf den Rasen, als hätten sich dort die Abdrücke von Leilas Pfoten in das Gras gebrannt.

»Bist du sicher, dass es ein Hund war?«

Es war jedenfalls kein Wildschwein, aber jetzt ist nicht der Zeitpunkt, so etwas zu sagen.

»Auf jeden Fall war das ein Hund«, beruhige ich Anne. »Er war auch nicht näher dran als ein Hund im Stadtpark, wenn er mal schnuppern kommt.«

»Er war aber im Garten«, sagt Anne. »Das hier ist nämlich kein Stadtpark. Wo war denn Emma?«

»Erst auf dem Rasen und dann im Spielhaus.«

Anne sieht kurz erleichtert aus, als sie das mit dem Spielhaus hört, aber dann fragt sie: »Wieso erst auf dem Rasen?«

»Ich habe sie ins Spielhaus geschickt.«

»Also warst du dir doch nicht sicher.«

»Sicher wobei?«

»Ob es ein Hund war.«

»Doch. Aber ich fand es besser, wenn Emma da oben ist.

Es wäre gut, jetzt auch mal von den Hühnern zu erzählen, und dass Maria und Michael angehalten und wir geredet haben, es ist ja nicht nur diese Hundegeschichte passiert, aus der Anne nun diesen Horror macht, aber ich finde es unpassend, jetzt von Maria und Michael und vom Hühnerfilm zu erzählen, weil ich ihren Schreck nicht relativieren will. Das mit den Hühnern übernimmt Emma.

»Wir haben einen Film geschaut.«

Anne sieht mich überrascht an. Kurz vor Vorwurf.

»Wir haben Hühner gesehen, auf dem Handy von Maria. Die Küken waren so klein.«

Emma formt die Hände zu einem Ball.

»Sie haben die Wiese gemäht und angehalten und Maria hat uns diesen Film von ihren Hühnern gezeigt.«

Anne hat einen Gesichtsausdruck, den ich noch nie an ihr gesehen habe. Ich weiß gar nicht, was für ein Gesichtsausdruck das ist. Irgendeine Mischung aus Überraschung, Freude und Einsamkeit.

»Wir können ja fragen, ob wir die Hühner in echt sehen können«, sagt Emma.

»Mach doch mal«, sage ich zu Anne. »Wir können ja zusammen hingehen.«

»Soll ich da etwa hingehen und fragen?«

Anne guckt zweifelnd.

»Warum nicht? Ehrlich Anne, du bist doch sonst nicht so zögerlich.«

Sie sieht ein bisschen ratlos aus.

Als Sebastian abends kommt, sagt er nichts und vielleicht hat Anne ihm noch nichts erzählt und auch nichts geschrieben, aber dann machen sie furchtbar viel Getue mit Emma, und da weiß ich, Anne hat ihm davon erzählt und sie nehmen es mir doch übel. Dabei hatte ich Anne extra eine Nachricht geschrieben, weil ich den beiden Zeit geben wollte, sich an den Gedanken zu gewöhnen, dass ihr Zaun eine Tür hat, durch die auch mal jemand kommen kann, die auch mal offenstehen kann. »Wir hatten heute Besuch von einem Hund«, hatte ich geschrieben. »Leila. Sie ist völlig harmlos.«

Jetzt geht die Fragerei von vorne los. Sie fragen Emma, wie Leila ausgesehen hat und ob sie wirklich wie ein Hund ausgesehen hat und ob Emma sich gefürchtet hat. Emma erzählt von dem grauen Fell und den braunen Augen und Anne und Sebastian gucken skeptisch und Emma sagt, ja sie habe gedacht, der Hund würde beißen und sie sei dann in ihr Spielhaus geklettert, weil ich gesagt habe, sie solle das tun.

»Ich dachte, du kennst den Hund«, sagt Anne.

»So war es ja auch.«

»Woher überhaupt?«

»Der Hund gehört dem Mann mit den Taschen.«

»Dann wissen wir ja jetzt, was er in den Taschen herumträgt«, sagt Sebastian.

»Wieso? Was denn?«, fragt Anne.

»Hundefutter.«

Vielleicht ist Sebastian ganz in Ordnung. Irgendeinen Grund muss es ja haben, dass Anne mit ihm zusammen ist. Er hat zumindest dieses Knistern in der Luft um uns herum aufgelöst. Ich hätte ihn gern besser kennengelernt, aber er ist schon wieder auf dem Sprung. Er zieht sich um, Jeans und Pullover, weil heute Abend Gemeinderatssitzung ist und er dorthin will.

»Man muss sich einbringen«, sagt er. »Das solltest du auch.«

»Wann denn bitte?«, fragt Anne, und es ist wahrscheinlich gut, dass er jetzt geht, weil sie sich sonst furchtbar gestritten hätten. Als er geht, stehen sie aber noch einmal nah beieinander und er hält Anne an den Armen. Es sieht eindringlich aus, wie er vor ihr steht und auf sie einredet und Anne steht nur so da.

»Es wird alles gut. Ich krieg das hin.«

9

Anne und ich trinken Rotwein auf der Terrasse. Wir sitzen auf Korbgeflechtsesseln wie in Berlin, wenn im Sommer die Barbetreiber die Sessel und Sofas rausstellen. Es kommt aber kein Berlin-Straßengefühl auf. Auch kein Urlaubsgefühl. Und auch kein Verbundensein mit irgendetwas. Ich habe mit Anne schon auf Wiesen gelegen und an Flüssen gesessen und morgens auf Straßenmauern und wir haben Fischbrötchen mit Gurke und Zwiebeln gegessen und es fühlte sich an, als könne uns nie wieder irgendetwas geschehen und als kämen wir mit allem zurecht. Wir dachten, wir wüssten mehr als die anderen, als hätten wir etwas erkannt, was anderen verborgen blieb, und als seien wir unbesiegbar. Jetzt stehen zwischen diesem Gefühl und uns die Korbgeflechtmöbel. Dabei ist der Wald schön schwarz, die Luft riecht nach Gras und die Sterne flackern. Und trotzdem ist da nichts. Vielleicht ging es Anne ja mit mir nicht so wie mir mit ihr und vielleicht habe ich mir das alles nur eingebildet. Vielleicht war es für Anne nie anders als so, wie es jetzt ist.

Anne hat die Beine angezogen. Sie hält das Rotweinglas in der Hand und schaut in die Nacht. Ich erreiche sie nicht. Wir reden irgendetwas, vom Garten, vom Haus, und manchmal sagen wir nichts. Als wir gerade ins Bett gehen wollen, kommt Sebastian von der Gemeinderatssitzung nach Hause.

»Bist du jetzt Bürgermeister?«, fragt Anne. Ich finde, das ist ein guter Anlass, jetzt mal zu lachen, aber Sebastian reagiert nicht darauf. Er ist blass. Er ist wütend.

»Was ist los?«, fragt Anne.

Sebastian lässt sich auf einen Korbgeflechtsessel fallen und schenkt sich ein großes Glas Rotwein ein.

»Weißt du, wie sie unser Haus nennen?«

Er trinkt den Rotwein, als sei er durstig. Er trinkt das Glas nicht leer, aber er trinkt in großen Zügen. Zu groß, finde ich.

»Sie nennen es das Transithaus. Weißt du auch, warum?«

Er trinkt schon wieder und jetzt ist das Glas leer.

»Weil alle Familien, die hier eingezogen sind, nach spätestens vier Jahren wieder ausgezogen sind. Alle ins Ausland gegangen. Für den nächsten Karriereschritt.«

Er greift nach der Rotweinflasche und schenkt sich ein weiteres Glas ein.

»Wer weiß, warum sie wirklich gegangen sind. Weißt du, was sie im Gemeinderat sagen?«

Er schaut nicht Anne an, er starrt mich an, als wüsste ich die Antwort. »Sie sagen: Hast du Wald? Hast du Fischteiche? Hast du Land? Nein, hast du nicht. Was willst du dann hier?«

Er schenkt Wein nach.

»Ich erzähle ihnen von Beteiligung und von Demokratie und sie schütteln nur mit den Köpfen. Es geht ihnen nur um ihre Interessen. Ihr Land, ihr Wald, ihre Fischteiche, das ist alles, was zählt. Wir streuen hier nur Sand ins Getriebe. Das lief bisher ohne euch, denken sie, das wird auch weiter so laufen.«

Er schweigt und dann holt er Luft, als habe er etwas Schweres zu sagen.

»Und der Bürgermeister, der mir beim Sommerfest noch gesagt hat, ›Es ist gut, wenn Sie sich beteiligen, Sie, die Neubürger‹, sitzt da und schweigt und kennt mich nicht mehr.«

Wir öffnen noch eine Rotweinflasche und ich denke an Richard und an unsere Wohnung in Berlin und den Lärm und die Leute in den U-Bahn-Schächten und hier stehen Annes und Sebastians unausgesprochene Fragen, ob es falsch war, an diesen Ort zu kommen und ob sie überhaupt irgendetwas tun können, um hier wirklich anzukommen.

Am nächsten Tag arbeitet Sebastian wieder lange. Ich komme abends gerade aus dem Bad – Regendusche, berührungslose Wasserhähne – und will gerade zu Bett gehen, da höre ich sein Auto vorfahren. Es ist eine helle Nacht und ich sehe Sebastian aussteigen und zum Kofferraum gehen. Er holt irgendwelche Kleidungsstücke aus dem Kofferraum, eine Jacke, wie es aussieht, und eine Hose. Er schüttelt beides aus, dann wirft er Jacke und Hose wieder ins Auto. Eine Wolke schiebt sich vor den Mond. Er holt noch etwas aus dem Kofferraum, aber ich kann nicht mehr erkennen, was es ist. Er bewegt sich so, als sei es etwas Langes. Ich höre ein metallisches Geräusch, wahrscheinlich ist er irgendwo angestoßen. Er trägt den langen Gegenstand zum Schuppen. Ich ziehe die Gardine vor und ich weiß nicht warum, aber ich drehe den Schlüssel der Zimmertür herum und achte darauf, dass er das Schlüsselloch vollständig verdeckt. Dann lege ich mich ins Bett und warte darauf, die Haustür zu hören und Geräusche im Flur. Es bleibt aber still. Sebastian muss noch irgendwo hingegangen sein. In den Garten vielleicht. Vielleicht hat er nur etwas in den Garten gebracht. Es kann mir egal sein und ich will darüber auch nicht weiter nachdenken.

10

Wenn man irgendwohin fährt und länger als ein oder zwei Nächte bleibt, dann wird das Unterwegssein meistens anders, sobald die Hälfte der Zeit vergangen ist. Wenn es irgendwo nicht schön ist, kann in der zweiten Hälfte der Zeit doch noch alles schön werden. Die Leute, mit denen ich unterwegs war, wurden dann doch noch nett und der Regen hörte auf und die Gegend, die ich zuerst langweilig fand, gefiel mir doch ganz gut. Ab der zweiten Hälfte läuft die Zeit auf einmal leichter. Wenn der erste Teil schon schön war, denke ich meistens nicht weiter darüber nach. Ich nehme es als angenehme Selbstverständlichkeit, an der sich nichts ändern wird. Dabei kann die Stimmung natürlich auch irgendwann kippen. Im Ferienhaus sind plötzlich Mäuse, die Leute streiten sich und es regnet dauernd. Die Zeit hier bei Anne geht einfach so vorbei, wie ein Strom, der dahinfließt. Ich bemerke nicht, wie sich Tag an Tag reiht, es gibt hier wenig Ablenkung. Man kümmert sich um das Naheliegende. Arbeit, Kinder, Haus, Garten.

Es ist Samstag und ich frage Anne: »Wollen wir heute in den Wald gehen, nur du und ich? Wir laufen bis Eichenroth, essen dort im Forsthaus und dann gehen wir zurück.«

»In den Wald?«, fragt Anne.

»Ihr wollt allein in den Wald?«, fragt Sebastian.

»Wohin sollen wir sonst gehen? Die Landstraße auf und ab?«

Ich sehe etwas in Annes Augen blitzen und ich weiß, dass sie eigentlich will. Sebastian schaut uns an, ich finde es merkwürdig, wie er uns anschaut, unruhig und als wolle er uns etwas sagen, seine Augen werden ganz offen und dann ist es vorbei. Er zieht sich wieder in sich zusammen und sagt: »Ich finde, ihr solltet nicht in den Wald gehen. Nehmt doch das Auto und fahrt in die Kreisstadt ins Kino.«

»Kim fährt nicht hunderte von Kilometern, um dann in einer Kreisstadt im Kino zu sitzen«, sagt Anne.

»Ihr könntet doch in der Stadt etwas essen.«

»Wenn schon, dann das volle Landprogramm. Wald, Forsthaus, Proviant.«

»Dann nehmt aber das Handy mit.«

»Die größte Gefahr sind wahrscheinlich die Funklöcher, in die wir geraten«, sage ich. Er bleibt ernst.

Anne holt einen kleinen Rucksack aus dem Keller und packt eine Flasche Wasser, Sonnencreme, Sonnenbrille, Mücken- und Zeckenschutz, eine Tüte salzige Nüsse, Pflaster, Geld und ihr Handy ein.

»So. Fertig«, sagt Anne.

Sie küsst Sebastian und dann küsst sie Emma und Friedrich. Wir gehen durch die Gartentür und verschließen sie sorgfältig hinter uns und dann stehen wir auf der Wiese. Anne fasst mit beiden Händen an die Schulterriemen des Rucksacks und ich glaube, sie atmet tief ein und wieder aus und dann sagt sie noch einmal: »So.«

Ich bin ja schon öfter mit Anne unterwegs gewesen. Mit ihr habe ich immer irgendetwas Besonderes erlebt, etwas, das ich mit anderen nicht erlebt habe. Sie zieht das irgendwie an. Ich hatte schon gedacht, es sei verloren gegangen, vielleicht war es durch die Kinder nur verschüttet. Jetzt ist es aber plötzlich wieder da und ich bin sicher, dass irgendetwas geschehen wird. Anne geht voraus und sie hat schon diesen zügigen Schritt und sie dreht sich um: »Ist das schön, einfach mal geradeaus zu gehen.«

Ich will diesmal eigentlich nicht auf den Wegen bleiben. Ich will in diese Sonnenstrahlen hineingehen und mich vom Licht immer weiter in den Wald hineinziehen lassen.

»Wohin kommt man eigentlich, wenn man da jetzt reingeht?«, frage ich.

Anne bleibt stehen. Ein Sonnenstrahl beleuchtet sie.

»Zu einer Drachenhöhle oder zu einem vergrabenen Schatz. Wir sollten es unbedingt herausfinden.«

Sie springt über einen kleinen Graben, der den Waldweg trocken halten soll und ich folge ihr. Wir laufen durch Gräser und ich habe das Gefühl, etwas Verbotenes zu tun. Das Laub vom letzten Jahr knistert unter unseren Schuhen. Wenn ich stehenbleibe, höre ich nichts mehr, nur das Knacken eines trockenen Zweiges, auf den ich trete. Sonst ist es vollkommen still. Die Stille ist Sicherheit. Solange es still ist, nähert sich niemand. Die Geräusche stimmen, die Stille stimmt. An den Geräuschen zeigt sich oft, ob etwas nicht stimmt, im Garten mit Emma war die Stille falsch, aber hier stimmt alles. Heiße Luft, kein Wind, die Blätter reglos. Noch nicht einmal die Gräser bewegen sich. Ich lehne mich an eine Eiche, ihre Rinde ist hart, aber nicht unangenehm. Ich schaue nach oben, sie spreizt die Äste, und zwischen den Blättern kann ich den blauen Himmel sehen. Ich könnte die Eiche umarmen, das machen ja manche Menschen. Ich drehe mich um und lege meine Arme um ihren Stamm. Anne legt die Arme um eine Buche. Es geschieht weniger, als ich erwartet hatte, eigentlich geschieht nichts. Ich warte noch etwas, es ist ja nicht unangenehm, so zu stehen, dann lasse ich den Stamm los und setze mich auf den Waldboden. Ich lehne mich an den Stamm. Es ist schön, ihn im Rücken zu spüren. Ich schließe die Augen. Um mich herum nur Stille und Hitze. Ich warte. Ich habe ja schon an dem Abend, als wir auf der Terrasse Rotwein getrunken haben, gewartet, ob Anne etwas sagt. Natürlich könnte auch ich anfangen und etwas sagen und gerade, als ich überlege, wie ich beginnen könnte, sagt Anne: »Die Sträuße mit den Wiesenblumen sahen schön aus.«

»Danke.«

Jetzt geht es los, da bin ich mir ziemlich sicher. Ich öffne meine Augen wieder.

»Wie läuft es denn so mit deinem Laden?«

»Gut.«

»Schön.«

Sie sieht erleichtert aus.

»Hast du geschlossen, während du hier bist?«, fragt sie weiter.

»Nein. Wir haben geöffnet.«

Ich warte auf ihre Frage, aber sie fragt nicht, wieso ich ›wir‹ sage, also drehe ich den Kopf zu ihr und sage: »Mourad kommt klar in den paar Tagen, in denen ich nicht da bin.«

Dann fragt sie doch.

»Mourad?«

»Mein Angestellter. Er hat vor einem Jahr ausgelernt.«

Anne greift nach einem Kiefernzapfen und wendet ihn in der Hand. Wir haben auch eine Erinnerung, die mit solchen Zapfen zu tun hat. Mit Zirbenzapfen genaugenommen, und vielleicht habe auch nur ich diese Erinnerung und Anne hat es schon längst vergessen. Bei unserer Alpenüberquerung vor einigen Jahren sind Anne und ich durch einen Zirbenwald gelaufen und plötzlich fiel neben mir etwas zu Boden. Für einen Moment glaubte ich, jemand habe etwas nach mir geworfen, aber dann sah ich einen großen, blaugrauen Zirbenzapfen in den Blaubeersträuchern liegen. Ich hob ihn auf. Er war warm und feucht. Ich umschloss ihn mit den Händen und er wurde wärmer und wuchs in meinen Händen. Als sei er lebendig. Harz tropfte zwischen seinen Schuppen hervor und er duftete.

»Fühl mal. Ich glaube, er wird größer«, sagte ich und gab ihn Anne.

Sie umschloss ihn mit den Händen.

»Er wird wirklich wärmer und größer«, sagte sie.

Sie lachte ein bisschen und sah aus, als würde sie sich an etwas erinnern. Etwas Schönes. Ich ging weiter, den warmen Zirbenzapfen in meinen Händen. Wir fanden noch einen Zapfen, er war reifer und die Schuppen waren schon etwas geöffnet.

»Man kann die Kerne essen«, sagte Anne. Sie bog die Schuppen auseinander und zog einen braunen Kern heraus. Sie steckte ihn zwischen ihre Zähne, knackte ihn auf und hielt mir einen kleinen ovalen Samen entgegen. Er schmeckte saftig und angenehm ölig nach Nüssen und Harz.

Aber Kiefernzapfen werden natürlich nicht warm. Anne hält ihn einfach in der Hand und schaut mich nicht an.

»Das freut mich, dass es so gut läuft.«

»Ja. War ja auch viel Arbeit. Ist immer noch viel Arbeit.«

»Ist der Buchladen noch da?«, fragt Anne. »Der neben deinem Laden?«

Direkt neben meinem Laden war ein Buchladen gewesen und ich hatte immer die Idee gehabt, die Wand zwischen beiden Läden zu durchbrechen, sodass man von einem Laden in den anderen schlendern könnte. Aber die Buchhändlerin hatte das nicht gewollt, vielleicht dachte sie, Blumenwasser und Bücher passten nicht zusammen. Dabei ist mein Blumenladen nicht so ein Laden mit Blumen in Wassereimern. Ich verkaufe die Blumen nicht in Massen.

»Nebenan ist jetzt ein Café.«

Anne fängt wieder an, den Kiefernzapfen zu wenden.

»Und der Durchbruch?«, fragt sie.

»Den haben wir letztes Jahr gebaut. Die Leute gehen ins Café und wenn sie entspannt sind, wollen sie diese Stimmung mit nach Hause nehmen. Dann kaufen sie meine Blumen. Und wenn sie erst zu uns kommen, sage ich immer, wenn sie drüben noch einen Kaffee trinken wollen, stell ich ihnen die Blumen so lange ins Wasser. Wobei es den Blumen nichts ausmacht, wenn sie eine Weile kein Wasser haben. Wichtig ist nur, sie anzuschneiden, bevor sie zu Hause ins Wasser kommen. Wenn man sie anschneidet, na ja, es ist eben besser so.«

Ich fange manchmal an, Vorträge zu halten, wenn es um meinen Laden geht. Aber es geht hier gerade nicht um meinen Laden.

Ich rücke ein Stück weiter in den Schatten. Die Luft steht. Es ist so heiß wie in dem Winkel zwischen Hauswand und Straße. Es riecht nur besser.

Wahrscheinlich ist für Anne jetzt alles in Ordnung. Alles ist gutgegangen. Alles prima. Vielleicht ist ihr nicht klar, was sie damals getan hat. Und darum sage ich: »Ich habe wirklich gedacht, wir machen das zusammen.«

»Was?«, fragt Anne.

»Das mit dem Laden.«

Anne schaut auf den Kiefernzapfen.

»Du hast das richtig ernst gemeint, oder?«

»Natürlich. Was sonst. Und dann bist du abgehauen.«

»Ich bin nicht abgehauen.«

»Ich habe diese beiden nebeneinanderliegenden Räume gefunden, und kurz bevor wir den Mietvertrag unterschreiben wollen, sagst du mir, du machst nicht mit.«

»Kim, ich war doch nie wirklich dabei.«

»Wir hatten doch schon alles besprochen. Wir hatten uns doch alles schon ausgemalt und geplant.«

»Wir haben es uns ausgemalt, das stimmt. Aber das heißt doch nicht, dass man das dann gleich auch so umsetzt.«

Anne macht eine Bewegung mit der Hand.

»Wir haben uns da missverstanden.«

Ich warte.

»Ich meine, ich habe doch nicht studiert, um dann – ich meine, ich wollte kein Café aufmachen.«

Ich muss auf einmal an die Leute an diesem Abendbrottisch denken, aus Indien, Pakistan, Peru und an die Forschungsprojekte, von denen Annes Vater sprach. Natürlich war Anne nie wirklich dabei gewesen bei unseren Plänen. Sie hat nur einfach mitgespielt. Es war ihr nie ernst gewesen. Mir war es ernst gewesen. Mir wird ein bisschen schlecht und ich versuche, ruhig zu atmen.

»Du hättest mir eher sagen können, dass du nie daran gedacht hast, dieses Café zu eröffnen.«

»Ich dachte, du wüsstest das. Ich war total überrascht, als du auf einmal mit diesem Mietvertrag für den Laden ankamst.«

Sie starrt mich an.

»Ich meine, ich hatte nie etwas zugesagt. Du hast dich da in etwas verrannt.«

»Ich habe wirklich gedacht, wir machen das zusammen. Du hast doch schon überlegt, welche Torten du anbieten willst. Dass meine Blumen dann auf deinen Tischen im Café stehen. Dass wir abends Konzerte veranstalten mit den Leuten von der Musikhochschule, das war doch deine Idee, das sagt man doch nicht, wenn man eigentlich nicht mitmachen will.«

»Kim. So ein Café. Da geht doch nichts voran.«

»Aber hier, hier in diesem Einfamilienhaus im Wald mit Einliegerwohnung und Carport und Garten, da geht etwas voran? Oder ist es schon vorangegangen und du hast jetzt das, was du immer wolltest? War das das Ziel?«

Ich nehme auch so einen Kiefernzapfen und werfe ihn gegen die nächste Kiefer.

»Das war dir zu simpel, so ein Café, habe ich recht? Wieso hast du eigentlich nicht eine deiner anderen Freundinnen angerufen, damit sie dich hier besucht? Du hast gedacht, es ist besser, wenn ich komme, weil ich ein bisschen so bin wie die Leute hier. Nicht so wie deine anderen Freunde. Ein Blumenladen in der Stadt ist ein bisschen so wie der Metzger auf dem Land. Etwas Reelles. Damit ziehst du sie auf deine Seite. Und es funktioniert. Maria zeigt mir Videos von ihren Hühnern!«

»Das stimmt nicht. Ich wollte dich sehen.«

»Auf einmal?«

»Du hast dich zurückgezogen.«

Wir drehen uns im Kreis.

»Gefällt es dir, so zu leben?«

»Zu Hause zu sein? Mit den Kindern? Mit Sebastian?«

»Ja.«

Anne hält den Kiefernzapfen fest.

»Warum sollte es mir nicht gefallen?«

»Weil nichts vorangeht.«

»Das sehe ich anders.«

Ein Vogel löst sich aus dem Gebüsch. Er flattert auf und zwitschert und dann ist er zwischen den Blättern verschwunden. Es kommt etwas Wind auf. Anne schaut den Kiefernzapfen an und dann schaut sie mich an. In ihrem Blick wartet die Hoffnung auf mein Einverständnis. Ich schaue fort.

»Das sind so Träume«, sagt sie. »Aber das setzt man nicht um. Wenn man es umsetzt, hat es einen furchtbar hohen Preis, nicht sofort, aber irgendwann. Und den zahlst dann nicht du allein. Den zahlen dann auch andere. Die, die an dich geglaubt haben, zum Beispiel.«

»Dann würde ja nie etwas vorangehen. Dann gäbe es nichts Neues«, sage ich.

Anne zögert. Ich weiß, was sie sagen will. Es fällt mir ein in dem Moment, in dem ich es sage. Anne schluckt, kämpft mit den Worten. Ich will es ihr nicht abnehmen. Sie soll es selbst sagen.

»So eine Caféeröffnung ist ja nicht gerade die Suche nach einem neuen Medikament. Ich meine, ich hätte eben ein Café aufgemacht, eines von vielen, und du hast einen Blumenladen aufgemacht.«

Daran ist nicht so viel Neues, das sehe ich ein.

»Berlin ist voll von solchen Leuten. Die Träume hatten und ihre Träume verwirklichen wollten und jetzt mit einem Haufen Schulden und Krediten dasitzen. Träume sind grausam. Es reicht nicht, etwas zu können. Es reicht nicht, nur gut kochen zu können, um ein Restaurant zu führen. Und es reicht nicht, ein paar tolle Patisseriestückchen herstellen zu können, um ein Café zu eröffnen. Man muss überleben, verstehst du.«

»Dann bist du ja schon wie sie. Überleben. Nichts wagen. Nichts unternehmen. Nichts gestalten. Einfach so weiterleben.«

Anne schaut mich an.

»Aber es funktioniert.«

Ich denke an Mourad und meine Kunden.

»Ich überlebe ganz gut.«

»Und was ist, wenn …« Anne fährt mit der Hand in die Luft. Sie sucht nach Worten. Sie formuliert etwas um. Sie hatte etwas anderes im Kopf und formuliert es jetzt um.

»Was ist, wenn eine Blumenkrise kommt?«

»Eine Blumenkrise?

Ich überlege, was das sein soll.

»Ich weiß nicht, wenn keine Rosen mehr aus Kenia kommen. Wenn dort irgendein Käfer die Ernte vernichtet. Wenn es unethisch wird, Rosen aus Kenia zu bestellen.«

»Dann gibt es immer noch Wiesenblumen.«

»Oder wenn die Leute keine Blumen mehr wollen?«

»Warum sollten sie keine Blumen mehr wollen? Die Leute kriegen ja auch immer Kinder. Nicht mehr so viele, aber eben schon noch.«

»Eben«, sagt Anne. »Darum leite ich ja auch eine Kinderta-gesstätte.«

Gerade das tut sie nicht, aber sie weiß es ja selbst und darum sage ich es nicht noch extra.

»Kim«, sagt Anne. »Was ist, wenn du schwanger wirst?«

Es fühlt sich sofort gut an. Ich fühle mich sofort stark und zu-versichtlich. Ich würde das schon schaffen, mit Richard würde ich das schon schaffen. Mir fällt nichts ein, was nicht zu schaffen wäre. Ich würde es auch allein schaffen.

»Dann bekomme ich ein Kind«, sage ich. Vorsichtshalber überlege ich aber noch einmal, wann ich zuletzt meine Tage hatte.

»Da drüben sind Himbeeren«, sagt Anne.

Ich bin aber noch nicht fertig.

»Ihr seid ins Konzert und ins Theater gegangen und am liebs-ten in die Premieren. Die Menschen dort sind euch aber sus-pekt. Du findest sie unseriös, nicht vertrauenswürdig, unzuver-lässig. Du hast ihr Können bezahlt und ihr Produkt gekauft, aber zu den Menschen gehst du auf Distanz. Bildung ist dir wichtig, aber nur, wenn es formale Bildung ist. Das ist dir wichtiger als Können.«

Anne hat mich das nicht spüren lassen und sie mag mich ja. Aber mit mir gemeinsame Sache machen, das ging dann doch nicht. Ich bin in Fahrt.

»Meine Blumenarrangements bewunderst du, aber mit dem Menschen, der sie anfertigt, willst du lieber nicht so viel zu tun haben. Du freust dich über eine gelungene Frisur und trägst sie herum, als wäre es dein Verdienst, du würdest aber nie deine Friseurin zu einer deiner Partys einladen.«

»Ich würde auch meine Frauenärztin nicht zu einer meiner Partys einladen«, sagt Anne.

Ich hätte erwartet, dass sie wütend ist, aber sie sagt es ganz ruhig. Das bringt mich ein bisschen aus dem Konzept.

»Marzahn ist zwar irgendwann zu Ende, aber letztendlich kommt man da nie wieder raus. Dafür sorgen die anderen schon.«

»Was soll denn das?«, fragt Anne. »Es gibt auch schöne Ecken in Marzahn und irgendwann wird das ein angesagter Stadtteil. Warte mal ein paar Jahre.«

»Du verstehst mich schon«, sage ich und weil sie nichts sagt, weiß ich, dass es so ist.

Anne steht auf und geht zu den Himbeeren und dann geht sie ein Stück weiter in den Wald hinein und dann sehe ich sie nicht mehr.

Ich hole mein Handy heraus. Wie von selbst tippt mein Finger Richards Namen an und ich höre den Klingelton und mein Herz klopft, weil ich hier mitten im Wald gleich Richard hören werde.

»Hi, Kim. Alles klar?«, sagt Richard.

»Ich wollte nur mal anrufen.«

»Mir geht's gut. Gestern war ich mit Luna und Said unterwegs und heute Abend treffe ich Lukas.«

»Das ist ja schön«, sage ich.

»Arbeit läuft. Ich komme gut voran.«

»Prima.«

»Und du, was machst du?«

»Ich bin im Wald.«

Ich will ihm gerade erzählen, wie schön es hier ist, wenn um einen herum nur Bäume sind und dass ich das unbedingt mit ihm auch einmal ausprobieren möchte und dass ich mich gerade mit Anne gestritten habe, aber er sagt: »Weißt du, wo die Quittung für die neue Tastatur ist?«

»Wieso? Ist sie kaputt?«

»Nein, aber ich will sie zu meinen Steuersachen legen.«

Einige Meter von mir entfernt fliegen zwei Vögel auf. Sie schießen in einem steilen Winkel aus einem Strauch und zwitschern hektisch.

»Was war das?«, fragt Richard.

»Bloß zwei Vögel, die einen Schnellstart hingelegt haben.«

»Bist du da jetzt allein im Wald?«

»Anne holt gerade Himbeeren. Es ist so schön hier. Ich möchte das mal mit dir machen, einfach so durch den Wald gehen.«

»Du hast keine Ahnung, wo diese Quittung sein könnte, oder? Ich habe schon überall gesucht.«

»Im Schrank im Arbeitszimmer liegt noch ein Stapel mit Rechnungen. Vielleicht ist sie in diesem Stapel.«

»Ich such mal weiter. Viel Spaß im Wald. Bleib nicht zu lange.«

»Viel Spaß heute Abend mit Lukas. Wohin geht ihr?«

»Irgendwo ein Bier trinken. Ich muss jetzt weitermachen. Bis bald, ok?«

Ich hätte gern noch etwas von ihm gehört und ich hätte auch gerne noch etwas zu ihm gesagt und er hätte es schön finden können, mitten aus dem Wald angerufen worden zu sein. Ich habe nicht daran gedacht, dass er nicht wissen kann, wie es hier ist. Wie warm. Wie still. Ich lehne mich wieder an die Eiche und schließe die Augen. Ich höre Annes Schritte und sie setzt sich wieder zu mir und hält mir eine Handvoll Himbeeren vor die Nase.

»Riech mal.«

Der warme, zarte Himbeerduft steigt in meine Nase. Ich nehme ein paar Himbeeren aus Annes Hand und probiere sie. Sie sind kleiner und fester als die auf Annes Törtchen und auch ein bisschen saurer. Ich wäre gerne noch länger wütend auf Anne, aber irgendwie geht es nicht mehr. Jedenfalls nicht mehr so intensiv.

Als habe Anne unser Gespräch in Gedanken fortgesetzt, sagt sie: »Vielleicht wohnt dein Vater ja überhaupt nicht in Marzahn. Vielleicht denkst du dir das nur. Vielleicht wohnt er in Zehlendorf oder Wannsee.«

Ich glaube nicht, dass mein Vater sich dort wohlfühlen würde.

»Hast du nie daran gedacht, das einmal herauszufinden?«

Ich höre auf, die Himbeeren zu essen. Ehrlich gesagt war mir die Idee noch nicht gekommen, nicht ernsthaft jedenfalls.

»Hast du nie daran gedacht, mit ihm Kontakt aufzunehmen?«

Nein, hatte ich nicht. Ich finde, es ist nicht meine Sache, mich bei meinem Vater zu melden.

»Er ist der Erwachsene«, sage ich zu Anne und sie sagt: »Ach so.«

»Was soll das heißen, ach so?«

Sie ist ängstlich und zaghaft und will nicht mehr vom Leben als Überleben. Ich finde, sie sollte nicht so tun, als wüsste sie besser über mein Leben Bescheid.

Ein weiterer Vogel löst sich aus dem Gebüsch, dann noch einer. Sie zwitschern. Eigentlich klingt es eher wie empörtes Geschrei. Es kommt ein wenig Wind auf und in den Büschen raschelt leise das Laub. Vielleicht täusche ich mich auch, denn die Bewegung in den Büschen legt sich gleich wieder. Ich weiß nicht genau warum, aber aus irgendeinem Grund stehe ich auf. Anne steht auch auf. Ein Ast knackt. Und dann ist es ganz klar, das Laub raschelt tatsächlich und die Büsche bewegen sich und Zweige brechen. Es passiert hier jetzt wirklich irgendetwas und es passiert uns, es passiert mir. Ich würde diese Erkenntnis gerne verdrängen, nicht wahrhaben, aber sie lässt sich nicht wegschieben. Wir sind bloß in den Wald gegangen, andere zwängen sich in Höhlen oder fallen von Felsen. Ich denke an Richard und an alles, was ich noch tun wollte. Ihm sagen, wie schön es mit einem Kind ist, zum Beispiel. Das Rascheln kommt näher. Anne schreit etwas und ich bücke mich blitzschnell und hebe einen Stock auf, den ich vor mir entdeckt habe. Etwas Graubraunes bricht durchs Gebüsch, bleibt abrupt vor mir stehen und schaut mich an.

»Leila«, sage ich und lasse den Stock sinken. »Ach, Leila. Was machst du denn hier?«

Leila kommt auf mich zu und ich lege meine Hand auf ihren Kopf und spüre ihr warmes Fell und das bisschen Haut und ihren Schädelknochen darunter. Leila lehnt sich gegen mein Bein. Ich streichle ihren Kopf und ihren Hals und ich sage, was für ein schöner Hund sie ist, einfach weil ich so erleichtert bin.

»Was ist das?«, fragt Anne.

»Das ist bloß ein Hund. Derselbe Hund, der bei euch in den Garten gekommen ist. Sie heißt Leila und sie gehört dem Mann mit den vier Taschen. Sie ist harmlos, wirklich. Sie macht überhaupt nichts.«

Leila springt ein paar Schritte von mir fort und kläfft.

»Wo ist überhaupt dieser Typ?«, fragt Anne. »Der muss doch hier irgendwo sein.«

Wir schauen uns um. Der Mann ist nicht zu sehen, aber ich möchte jetzt trotzdem unbedingt aus diesem Wald heraus.

»Wir gehen jetzt nach Hause«, sage ich. »Mach's gut, Leila.«

Als wir uns umdrehen und loslaufen, folgt sie uns.

»Geh zurück«, sage ich. »Du kannst nicht mit. Wo ist überhaupt dein Mensch?«

Keine Ahnung, was ich machen soll, wenn sie mit zu Anne kommt und was Sebastian wohl zu einem zugelaufenen Hund sagen wird, aber Leila bellt und springt unruhig, dann verschwindet sie im Gebüsch.

Ich dachte, wir wären denselben Weg zurückgegangen, den wir gekommen waren, aber im Wald täuscht man sich, es sieht alles gleich aus und wahrscheinlich sind wir an irgendeinem Strauch falsch abgebogen.

»Haben wir uns jetzt auch noch verlaufen?«, fragt Anne.

Ich finde, sie muss nicht so missmutig klingen, sie hätte sich ja eine Wanderung für uns überlegen können. Die Richtung stimmt jedenfalls, da bin ich mir sicher. Es gefällt mir, vor Anne herzugehen und den Weg zu suchen. Sonst hatte sie ja immer die Karte. Ich muss mich nur ein wenig orientieren. Ich bleibe stehen und dann sehe ich es. Der Boden vor mir ist gar kein echter Boden, sondern es sind bloß Äste und kleine Baumstämme und Tannenzweige und Laub. Es ist ganz deutlich zu erkennen, wenn man direkt davor steht, weil sich der Boden absenkt. Außerdem ist da ein Loch zwischen den Ästen. Es ist nicht groß, aber dieses Loch sieht nicht gut aus. Neben dem Loch sitzt Leila. Ich höre plötzlich den Puls in meinen Ohren. Anne fasst meinen Arm. Hastig räume ich ein paar Zweige zur Seite und die Abdeckung bricht ein und rutscht in eine tiefe Grube und ich höre einen Ausruf und in der Fallgrube sitzt der Mann mit den Taschen. Er schaut mich an.

»Geht es Ihnen gut?«, frage ich.

»Ja.«

»Sind Sie verletzt?«

»Nein.«

»Sitzen Sie schon lange da?«

Er schüttelt den Kopf.

»Seit gestern Abend.«

»Wir helfen Ihnen raus.«

Ich weiß nur nicht wie. Ich schaue mich nach langen Ästen um, vielleicht kann ich sie zu so etwas wie einer Leiter zusammenlegen. Gleich neben der Grube liegt ein langes Brett. Das hat jemand absichtlich dort liegengelassen. Wahrscheinlich kommt regelmäßig jemand vorbei, um die Grube zu kontrollieren und schiebt dann das Brett in die Grube, damit die Tiere, für die diese Grube nicht ausgehoben wurde, herausklettern können. Wir ziehen das Brett zur Grube und lassen es herabrutschen. Leila läuft am Grubenrand entlang und kläfft. Der Mann klettert auf allen Vieren das Brett empor. Dann steht er neben uns.

Leila springt an ihm hoch und jault begeistert und ihr Schwanz fällt gleich ab, so schnell wedelt sie.

»Danke«, sagt der Mann. »Wie gut, dass Sie gekommen sind.«

Wir stehen einander gegenüber.

»Ich muss noch mal runter. Ich habe noch meine Tasche unten.«

Er klettert am Brett hinab, holt seine Tasche und klettert wieder hoch. Ich strecke ihm die Hand entgegen und nehme ihm die Tasche ab. Als er wieder neben mir steht, frage ich: »Wie heißen Sie eigentlich? Ich heiße Kim.«

Wir geben einander die Hand.

»Ich heiße Paul«, sagt er und in diesem Moment sehe ich ein W in seinem Namen vor mir. Pawel. Dabei heißt er wahrscheinlich einfach Paul.

»Ich bin Anne«, sagt Anne.

Er versucht, einige Schritte zu gehen, aber er humpelt. Er setzt sich auf den Waldboden. Er ist blass. Anne holt ihr Handy aus der Tasche.

»Wen rufst du an?«, frage ich.

»Einen Notarzt.«

»Lass mal.«

»Woher willst du wissen, ob er nicht schwer verletzt ist? Wer weiß, wie lange er schon da drin sitzt? Wer kommt überhaupt auf die Idee, solche Löcher zu graben? Vielleicht sollten wir die Polizei anrufen.«

»Anne, lass mal.«

Ich habe Anne noch nie so fassungslos gesehen und ich muss sagen, es tut mir gut. Das lange Teil, das Sebastian aus dem Kofferraum geholt hat, das metallische Geräusch, die Autos im Dunkeln, alles ergibt plötzlich einen Sinn. Vielleicht hat das ganze Dorf hier mitgegraben.

»Haben Sie sich sonst noch verletzt?«, frage ich Paul.

»Nur der Fuß.«

Ich hole mein Handy aus der Tasche.

»Gib mir mal Sebastians Nummer.«

»Wieso willst du Sebastian anrufen?«

Ich finde, eine Mahlzeit und ein Verband sind das Mindeste, was Sebastian jetzt für ihn tun kann. Ich tippe die Nummer, die Anne mir sagt, in mein Handy. Es klingelt zweimal, dann ist Sebastian dran.

»Ich habe etwas im Wald gefunden«, sage ich.

»Kim«, sagt Sebastian. »Ist alles in Ordnung?«

Er klingt überrascht, aber er hat noch diese Managerstimme. Als sei mein Anruf nur ein weiterer Punkt auf seiner To-do-Liste.

»Ich habe etwas im Wald gefunden.«

»Ist etwas mit Anne?«

»Anne steht hier neben mir.«

»Warum rufst du mich an?«

Er klingt jetzt ungeduldig.

»Ich habe etwas im Wald gefunden«, sage ich zum dritten Mal und ich sage es ganz langsam. »Es wäre gut, wenn du kommst. Bring das Auto mit.«

Sebastian sagt eine Weile nichts.

»Ok«, sagt er schließlich und: »Ist sonst alles klar?«

»Ja. Sonst ist alles klar.«

Er fragt nicht, warum er kommen soll und warum er mit dem Auto kommen soll. Er will auch nicht Anne sprechen. Sebastian ist klug, meistens jedenfalls, und in diesem Moment ist er es, denn er sieht sofort ein, dass mein Vorschlag von allen Varianten der geräuschloseste ist.

Drei von Pauls Taschen liegen noch am Grubenrand. Ich sammele sie ein und stelle sie direkt neben Paul ab. Die Taschen sind schwer und ich spüre, dass viele harte und kantige Teile darin sind. Paul hat sie so gepackt, dass sie alle gleich schwer sind.

»Kim, was soll das? Wieso soll Sebastian kommen?«, fragt Anne.

Ich stelle die Tasche zu den anderen Taschen und wir setzen uns zu Paul auf den Waldboden. Anne packt das Wasser und die Nüsse aus. Paul trinkt und isst einige Nüsse.

»Wollen Sie immer noch nach Hollenberg?«, frage ich.

»Ja sicher«, sagt er.

»Woher weißt du das?«, fragt Anne.

»Was?«

»Woher weißt du, dass er nach Hollenberg will?«

Ich hätte es freundlicher gefunden, wenn sie gefragt hätte, ob wir uns kennen. Oder wenn Anne nicht nur mich angesprochen hätte.

»Was ist denn da in Hollenberg? Ich meine, warum wollen Sie gerade dorthin?«

Als ich das sage, merke ich, wie neugierig es klingt. Aber es ist das einzige, das mir gerade einfällt, um Paul nicht so aus dem Gespräch auszuschließen.

»Dort bin ich aufgewachsen«, sagt Paul.

»Und wo kommen Sie her?«

»Aus der Gegend von Pletzbach.«

»Sie sind aber nicht die ganze Strecke gelaufen?«

»Manchmal konnte ich im Lkw mitfahren.«

»Was haben Sie in Pletzbach gemacht?«

»Gearbeitet.«

Ich warte, aber mehr erzählt er nicht. Dann fällt mir noch etwas ein.

»Soll ich jemanden in Hollenberg informieren?«, frage ich. »Ich meine, dass Sie – später kommen?«

Er versteht es zum Glück nicht als Scherz.

»Nein, das ist nicht nötig.«

Wir sitzen auf dem Waldboden und es ist heiß und still. Nach einer Weile fliegen wieder ein paar Vögel auf und gleich würden die Schritte kommen und ich fühle mich, als wohnte ich schon jahrelang im Wald. Das Laub kracht, als äße man Chips und die Zweige knacken und dann steht Sebastian vor uns, außer Atem. Er schaut Paul an und dann Anne und dann sagt er: »Na so was.« Und: »Was ist denn hier los?«

»Da hat jemand ein Loch gegraben«, sagt Anne. »Vollkommen irre.«

»Das ist ja eine richtige Fallgrube«, sagt Sebastian. »Was machen Sie denn überhaupt hier im Wald? Man soll die Wege doch nicht verlassen.«

»Ich schlage vor, wir bringen Sie erst einmal zum Auto und dann holen wir die Taschen«, sage ich und zu Sebastian sage ich leise: »Hör auf mit dem Quatsch«, und Sebastian zischt leise zurück: »Wieso soll ich ihn in meinem Auto mitnehmen?«

»Hast du eine bessere Idee?«

»Woher wusstest du, wo wir sind?«, fragt Anne. »Und wieso konntest du so schnell kommen?«

Sebastian schluckt und dann sagt er: »Anne, es tut mir leid.«

Anne fragt: »Was denn?«, und Sebastian schaut mich an und ich sage nichts. Manchmal ist es besser, die Klappe zu halten. Ich glaube, das ist etwas, was Anne nicht so gut kann. Einfach mal die Klappe halten. Sie will immer alles bereden und sofort klären, aber manchmal muss man die Situation so lassen, wie sie ist, und die Dinge aussitzen. Ich bin auf einmal ganz glücklich. Nicht, weil ich etwas weiß, das Anne nicht weiß. Eher, weil ich etwas richtig mache.

»Was tut dir leid? Du warst doch ganz schnell da, schneller ging doch gar nicht«, sagt Anne. »Warum sagst du, dass es dir leidtut?«

Genau das meine ich. Sie kriegt manchmal nicht mit, wann sie lieber nichts sagen sollte.

»Ich erzähle dir alles, wenn wir zu Hause sind«, sagt Sebastian.

»Willst du denn gar nicht wissen, was hier passiert ist? Das ist Paul«, sagt Anne. »Wir waren gerade auf dem Rückweg, da haben wir plötzlich vor dieser Grube gestanden. Da muss jemand wie wild gegraben haben. Das Loch war mit Ästen und Laub bedeckt. Total hinterhältig.«

Anne geht zum Grubenrand und schaut hinein.

»Komm da weg«, sagt Sebastian.

»Wer macht denn so was?«, fragt Anne. »Was sollte denn da reinfallen?«

»Schaffen Sie es bis zum Auto?«, fragt Sebastian und greift nach einer von Pauls Taschen. »Wir bringen Sie erst einmal zu uns.«

Paul steht auf.

»Es geht schon.«

Er stützt sich auf Sebastian.

»Er kommt zu uns?«, fragt Anne und sie sagt es zum Glück zu mir und so leise, dass Paul es nicht hört.

»Du kannst ihn doch jetzt nicht hier im Wald lassen«, sage ich.

»Aber was soll er denn bei uns?«

»Essen zum Beispiel. Schlafen.«

»Er soll bei uns essen und schlafen?«

Ich nehme eine von Pauls Taschen.

»Kim, was läuft hier eigentlich?«

»Sebastian wird dir bestimmt alles erzählen.«

»Was wird er mir erzählen? Was soll das heißen?«

Ich muss sagen, es fühlt sich gut an, Anne, die immer die Karte hatte, nach der wir gereist sind, so ahnungslos zu sehen.

Ich muss nur noch herausfinden, warum dieses Loch gegraben wurde. Welcher von vielen möglichen Gründen im Vordergrund gestanden hatte.

»Kim, läuft da was mit Sebastian?«, fragt Anne und sie sieht mich entsetzt an.

»Es geht um etwas ganz anderes. Er wird es dir schon erzählen.«

»Das findest du jetzt cool, oder? Auf allwissend zu machen und mir nichts zu sagen?«

Ihre Stimme klingt scharf.

»Lass uns das jetzt erstmal mit Paul regeln und dann sehen wir weiter.«

»Ich will diesen Typen überhaupt nicht mit nach Hause nehmen.«

»Er hat vielleicht tagelang nichts Richtiges gegessen.«

»Er kann ja etwas zu essen bekommen. Aber dann soll er wieder gehen.«

»So etwas hättest du früher nie gesagt.«

»Was?«

»Dass er wieder gehen soll.«

Anne vergräbt die Hände in ihren Hosentaschen.

»Du fängst in Berlin eine Diskussion darüber an, ob man einem Obdachlosen Geld geben sollte oder ihm etwas zu essen kaufen sollte und ob man ihn dann fragen sollte, was er essen möchte und was am wenigsten diskriminierend ist. Und hier, wo du in die Situation hineinfällst wie Paul in diese Grube, fällt dir nichts anderes ein, als ihn wegzuschicken?«

Anne zuckt mit den Schultern.

»Ich will mit diesem Low-Life-Zeug nichts mehr zu tun haben.«

»Du hattest doch nie damit zu tun. Du hast es bloß angeschaut in Berlin. Du hast bloß darüber geredet und alles besser gewusst. Wie mit meinem Laden und dem Café.«

Ich bin wieder in Fahrt.

»Du kannst nur an den Stellen tolerant sein, auf die du trainiert bist. Was innerhalb deines Radius liegt. Bei ein paar harmlosen Landbewohnern springt dein Toleranzprogramm einfach nicht an. Weißt du, ich habe das immer bewundert, du warst großzügig, hast jeden eingebunden, egal, wer er war, einfach weil er nun einmal da war. Ich habe mir viel von dir abgeguckt. Ich wollte auch so sein. Aber dieses Einbinden ging immer von dir aus. Du warst die Aktive. Diejenige, die toleriert. Du denkst immer noch, du müsstest sie tolerieren. Es ist aber andersherum. Sie müssen dich akzeptieren. Vielleicht solltest du dich für ihre Themen interessieren und aufhören, sie zu belehren. Das hier ist das Leben und damit musst du irgendwie zurechtkommen.«

»Muss ich mich denn bis zur Unkenntlichkeit assimilieren?«, fragt Anne.

»Das hast du doch schon«, sage ich. »Du hast kein Problem, diesen Zaun um deinen Garten zu ziehen.«

»Und gerade du sagst, ich soll doch Nackensteaks machen.«

Sie schaut mich an. Ich schaue zurück. Und dann sage ich: »Ich glaube, du denkst, du stehst über ihnen.«

Und weil Anne schweigt, sage ich: »Du hältst dich für aufgeklärter, toleranter.«

»Bin ich das nicht?«

»Merkst du es nicht?«

»Was?«

»Du bist umgeben von Leuten, die du nicht auf dem Schirm gehabt hast.«

»Ich versuche alles, um hier anzukommen.«

»Das denkst du. In Wahrheit belächelst du sie. Du findest sie provinziell und vielleicht sind sie das auch. Aber weißt du was? Dein Maß aller Dinge ist vielleicht weiter gefasst als ihres, aber auch du kommst nicht darüber hinaus, dass das, was du denkst, das Maß aller Dinge ist. Das ist genauso provinziell.«

Es ist bestimmt gut, dass Sebastian durch den Wald ruft, wo wir denn bleiben. Als wir zurückgehen, sagt Anne kein Wort. Kurz bevor wir beim Auto sind, sagt sie: »Bestimmen immer die Schon-Dagewesenen, wer wie zu sein hat? Schnee stört mich nicht, wenn er sich integriert und Regen wird?«

11

Sebastian öffnet die hintere Tür für Paul. Also sitzt Paul hinten und ich dann neben Paul, aber das ist in Ordnung so. Sebastian holt eine Decke aus dem Kofferraum und ich habe kurz den Eindruck, er will sie auf Pauls Platz legen, aber dann schiebt er sie doch in die Mitte der Rückbank und so kommt es, dass ich neben der hechelnden Leila sitze und nicht neben Paul. Wir rumpeln durch den Wald, den Weg entlang, den wir gerade noch zu Fuß gelaufen sind und durch die Autoscheibe ist alles eine große Waldkulisse.

Als wir bei Annes Haus ankommen, stehen Michael und Maria an der Gartentür und ich finde es merkwürdig, dass sie dastehen wie ein Empfangskomitee. Wir bringen Paul ins Haus. Wir setzen ihn auf einen der Esszimmerstühle an dem italienischen Massivholztisch. Das Plastik an seinen Beinen ist verrutscht und überhaupt ist alles gerade völlig verrutscht. Wir stehen um Paul herum. Es klingelt und Sebastian ruft »Kommt rein!«, und »Wir sind beim Esstisch!«, und ich wundere mich, wieso er weiß, wer da kommt und es sind Peter, Ingrid und Cornelia und sie stehen jetzt auch um Paul herum. Sie halten aber Distanz, als könne irgendetwas von ihm auf sie überspringen. Läuse, Flöhe oder irgendwelche Viren.

»Hol bitte mal ein Glas Wasser, Emma«, sagt Anne und Emma rennt los. Paul trinkt zügig, er muss furchtbar durstig sein.

»Emma, zeig doch bitte Maria, wo die Zucchinisuppe steht. Die könnt ihr warm machen. Baguette ist im Keller.«

Anne scheint sich gefangen zu haben. Und Maria scheint erleichtert zu sein, etwas tun zu können, und verschwindet sofort mit Emma.

»Darf ich das Plastik abmachen und mir Ihren Fuß ansehen?«, frage ich. Paul schüttelt den Kopf.

»Wie wär's mit einer Dusche?«, fragt Sebastian.

»Ja«, sagt Paul. »Ja, gerne.«

»Sebastian, kommst du mal?«, sagt Anne.

»Gleich.«

»Nein, jetzt. Komm bitte jetzt.«

Sebastian steht auf und Anne zieht ihn zur Seite.

»Wieso soll er hier duschen? Ich will nicht, dass er hier duscht.«

Sie versucht, leise zu reden, aber sie ist aufgebracht. Wenn ich verstehe, was sie sagt, wird Paul es auch verstehen. Ich finde, er überhört es mit großer Würde. Sebastian sagt etwas, das ich nicht verstehe, und danach ist Anne still. Sebastian und Michael haken Paul unter und helfen ihm die Treppe hinauf ins Badezimmer.

»Schrecklich, wenn man so verkommt«, flüstert Ingrid.

»Ja, schrecklich.«

Cornelia schüttelt den Kopf und schaut vor sich hin und wahrscheinlich stellt sie sich gerade ausgiebig vor, wie furchtbar das alles ist. Dann sagt sie: »Er ist es ja nicht anders gewöhnt.«

»Woher wissen Sie das?«, fragt Anne.

»Er wird ja so aufgewachsen sein. Die wollen dann gar nicht mehr in Räumen sein. Das ertragen sie nicht. Sie fühlen sich gefangen, sie ertragen die Wände nicht mehr.«

»Er ist doch nicht im Wald aufgewachsen«, sagt Anne. »Er hat auch mal ein anderes Leben gehabt.«

»Und woher wollen Sie das wissen?«, fragt Ingrid.

Cornelia nickt und sagt: »Er wird ja wohl zur Schule gegangen sein. Hier ist ja Schulpflicht. Er wird ja nicht die ganze Zeit draußen und im Wald gewesen sein.«

»Wer weiß, wo er herkommt?«

Peter schiebt seinen Bauch vor, er scheint das immer zu machen, bevor er etwas sagt.

»Das kann ganz schnell gehen, dass du auf die schiefe Bahn gerätst. Ich habe von einem Straßenbahnfahrer gehört, der hat dreimal jemanden überrollt. Danach war der fertig.«

»Dreimal überrollt?«, fragt Ingrid. »Wie soll das denn gehen mit einer Straßenbahn?«

»Drei verschiedene Personen natürlich, nicht dreimal dieselbe. Erst hat einer nachts besoffen auf den Schienen gelegen. Dann, ein paar Jahre später, hat er ein fünfzehnjähriges Mädchen erwischt, die ist mit Kopfhörer auf den Ohren über die Schienen gelaufen. Er hat noch gebremst und gebimmelt, aber sie hat nichts gehört. Und einmal ist eine Frau gestolpert und er hat nicht mehr rechtzeitig bremsen können. Da hat er den Halt verloren, hat getrunken, Frau weg, arbeitsunfähig, Wohnung weg. Der hat jahrelang draußen geschlafen.«

»Furchtbar.«

Cornelia schaut wieder, als würde sie sich alles genau vorstellen.

»Der arme Mann.«

»Schrecklich. Das muss man sich mal vorstellen. Er hat nicht ausweichen können. Er will nie wieder Straßenbahn fahren.«

Das Schweigen ist voller Bilder und ich sitze mitten in ihren Vorstellungen. Ich schaue auf den Stuhl, auf dem Paul eben noch gesessen hat, weil ich nicht weiß, wohin ich schauen soll und weil ich nicht mithalten kann bei diesem Suhlen im Unglück.

»Wo sind eigentlich die Taschen?«, fragt Peter.

Ingrid schaut sich um.

»Im Kofferraum«, sage ich.

»Haben Sie mal hineingesehen?«

»Natürlich nicht.«

»Es geht uns nichts an, was drin ist«, sagt Anne.

»Und wenn es Diebesgut ist? Wir müssen die Taschen sowieso aus dem Kofferraum holen. Da können wir auch kurz nachschauen, was drin ist.«

»Es geht uns nichts an«, sagt Anne.

»Wenn da etwas drin ist, was nicht reingehört, machen wir uns mitschuldig«, sagt Ingrid.

»Wenn Ihnen jemand auf der Straße begegnet, kommen Sie doch auch nicht auf die Idee, in seinen Taschen nachzusehen. Wieso gerade bei ihm?«

»Weil ein Mensch üblicherweise nicht vier schwere Taschen durch den Wald trägt.«

Auf der Treppe hören wir Geräusche. Sebastian und Michael kommen mit Paul die Treppe hinab ins Wohnzimmer zurück. Er hat geduscht, er trägt einen Pullover und eine Jeans von Sebastian. Er sieht überhaupt nicht mehr aus wie jemand, der draußen übernachtet. Er hat auch vorher eigentlich nicht so ausgesehen. Eigentlich weiß ich gar nicht, woran man das überhaupt sehen soll, ob jemand draußen übernachtet. Paul humpelt an den Esstisch und isst die Suppe. Anne holt ihm Kühlakkus, auf denen lagert er sein Bein. Es klingelt an der Tür.

»Die Kommunikation funktioniert ja blendend«, zischt Anne in mein Ohr. Weitere Leute aus dem Ort kommen herein, sie sind zu viert, und sie halten Abstand zu Paul, und wenn Paul hochschaut, schauen sie weg und tun so, als hätten sie es nicht gesehen. Gleich darauf schauen sie scheu wieder zu ihm hin. Sie haben Angst und sie sind unsicher, aber Paul wird nicht wütend, obwohl er Grund hätte, wütend zu sein, denn es ist kränkend, wenn Menschen Angst vor einem haben, obwohl man keinerlei Absicht hat, Angst einzuflößen.

In Peters Gesicht arbeitet es.

»Waren Sie mal Straßenbahnfahrer?«

Paul schaut kurz von seiner Suppe auf.

»Nein«, sagt er und isst weiter.

»Lokführer vielleicht?«

»Auch nicht.«

»Aber einen Beruf haben Sie? Irgendwas gelernt?«

 Paul nickt.

»Ich bin Schreiner.«

Peter sieht in die Runde, als habe er etwas Wesentliches herausgefunden.

»Na, also Zucchinisuppe«, sagt Cornelia. »Davon wird man doch nicht satt.«

»Sie beugt sich zu Paul und sagt deutlicher und lauter, als sie normalerweise spricht: »Ich hole Ihnen ein paar schöne Bratwürste. Und irgendetwas für den Hund.«

Beim Hinausgehen raunt sie Sebastian zu: »Ich würde mir die Taschen ansehen. Wer weiß, wen Sie da jetzt im Haus haben. Mir wäre das zu riskant.«

Sebastian schaut Anne an.

»Vielleicht hat sie recht. Wir müssen die Taschen ja sowieso aus dem Auto holen.«

»Warum? Ich finde, wir sollten ihn zu dem Ort fahren, zu dem er unterwegs war«, sagt Anne.

Sebastian zuckt mit den Schultern.

»Den Ort gibt es doch gar nicht.«

»Er wollte nach Hollenberg«, sage ich.

»Ich schaue jetzt nach«, sagt Sebastian.

Ich fühle mich irgendwie verantwortlich, vielleicht bin ich auch einfach neugierig. Jedenfalls gehe ich mit Sebastian zum Auto und auch Anne kommt mit.

Sebastian öffnet den Kofferraum. Dann zieht er kurzentschlossen den Reißverschluss der ersten Tasche auf. Uns fallen Zeltstangen entgegen und Zeltstoff. In der zweiten Tasche stoßen wir auf eine Decke und eine Flasche Wasser, ein halbes Brot, eine Dose Frühstücksfleisch und eine Flasche Bier. In den anderen Taschen finden wir Kleidung und unter der Kleidung Schraubenzieher, einen Hammer, zwei Sägen.

»Das ist sein Werkzeug«, sagt Anne.

»Für Einbrüche?«, frage ich.

»Bestimmt.«

Wir meinen es nicht so und ich weiß auch nicht, warum wir uns manchmal an unpassenden Stellen lustig machen müssen. Dass wir es nicht so meinen, merke ich, als Sebastian sagt: »Ich glaube, der ist wirklich einfach Schreiner.« Er holt Seife und zwei Bücher hervor.

»Welcher Schreiner sägt denn noch mit der Hand?«, fragt Anne.

Sebastian legt die Sachen zurück in die Tasche. Er zieht alle Reißverschlüsse wieder zu und stellt die Taschen auf den Boden des Carports. Dann gehen wir zurück ins Haus.

Paul ist mit der Suppe fertig und mit den Bratwürsten beschäftigt.

»Wollt ihr ein Bier?«, fragt Sebastian.

»Die Himbeertorte war gut«, sagt Cornelia.

»Ich habe noch was«, sagt Anne. »Eingefroren.«

Sie holt die Törtchen aus dem Tiefkühlschrank im Keller und die Mikrowelle piept alle paar Minuten und taut die Himbeer-Kuppeltörtchen, Brioche mousseline und Birnentartelettes auf. Die Schokogitter schneidet Anne vorher vorsichtig mit einem Messer heraus und steckt sie nach dem Auftauen wieder in den Schlitz in dem Törtchen und sie halten sogar.

Als wir zurückkommen ins Wohnzimmer, ist Paul nicht mehr da.

»Er ist draußen, auf der Terrasse«, sagt Maria. »Wir haben ihn natürlich die ganze Zeit im Auge gehabt.«

Paul hat sich auf einen der Gartenstühle gesetzt. Er schläft. Anne nimmt eine Decke von der Sofalehne, geht auf die Terrasse und deckt Paul zu.

Alle sind jetzt still. Als würde mitten im Film der Fernseher ausgeschaltet.

»Was läuft hier, Sebastian?«, fragt Anne.

Durch die Nachbarn geht Bewegung. Sebastian streicht über seinen Hinterkopf, Michael tritt von einem Fuß auf den anderen.

»Sebastian, was ist los?«

»Genau, das möchte ich auch wissen«, sagt Ingrid. »Ihr seid alle so merkwürdig.«

»Einen Menschen wollten wir natürlich nicht fangen«, sagt Sebastian.

»Nein, bestimmt nicht«, sagt Peter.

»Wir wollten keinen Menschen fangen? Was soll das heißen?«, fragt Anne. »Wieso hast du überhaupt etwas damit zu tun?«

Ihre Augen sind schmal geworden und ihre Stimme klingt hochexplosiv.

»Anne, wenn es diesen Wolf gibt, dann wäre es eine große Sache gewesen, wenn wir ihn erwischt hätten.«

»Und es wäre Ruhe gewesen«, ergänzt Peter.

»Er hat übrigens gleich eine Blase an den Händen gehabt«, sagt Michael und schlägt Sebastian auf die Schulter. »Er hat Handschuhe anziehen müssen, sonst hätte er nicht weitergraben können.«

»Das ist eben etwas anderes als Computermäuse bedienen.«

Auch Peter schlägt Sebastian auf die Schulter und sie stoßen ihre Bierflaschen aneinander.

»Er hat aber ordentlich gegraben«, sagt Peter zu Anne. »Trotz Blase. Er hat sich gut geschlagen.«

»Sag mal, spinnt ihr?«, fragt Anne.

»Anne, lass es mich erklären …«, sagt Sebastian.

»Du willst mir nicht allen Ernstes sagen, dass du dieses Loch gegraben hast?«

»Nicht allein«, sagt Sebastian.

»Das waren wir zusammen«, ergänzt Peter.

»Anne …«, sagt Sebastian.

»Es war ja in Dominiks Wald. Er hatte nichts dagegen. Im Gegenteil. Er fand es gut.«

»Und wenn da wirklich ein Wolf dringewesen wäre? Was hättet ihr dann getan?«

»Darum ging es doch gar nicht«, sagt Sebastian.

»Aber natürlich ging es darum. Dann wäre Ruhe gewesen«, sagt Peter.

»Genau. Jetzt ist Ruhe«, sagt Sebastian und die Bierflaschen klicken aneinander.

Anne dreht sich um und geht hinaus.

»Soll ich Kaffee machen? Zu den Törtchen?«, fragt Sebastian.

12

Ich gehe auf die Terrasse. Paul liegt im Liegestuhl und atmet ruhig. Er schläft ganz leise. Leila liegt vor seinen Füßen und blinzelt. Der Wald beginnt, blau zu werden, im Westen vor dem orangefarbenen Himmel ist er schon schwarz. Von drinnen klingt Stimmengewirr auf die Terrasse und vereinzeltes Lachen.

Ich gehe wieder hinein, sie sitzen auf dem Sofa und um den Esstisch herum und essen und trinken. Ich gehe durchs Wohnzimmer durch den Flur und die Treppe hoch in den ersten Stock.

»Anne?«, frage ich.

»Ich bin im Schlafzimmer.«

Zögernd trete ich ein. Ich will eigentlich nicht in Annes Schlafzimmer sein. Anne steht am Fenster und schaut hinaus.

»Komm rein«, sagt Anne. »Und mach bitte die Tür zu.«

Jetzt bin ich ganz in ihrem Schlafzimmer. Ich bemühe mich, nicht das Bett anzuschauen. Ich habe das Gefühl, etwas Verbotenes zu tun.

»Er spinnt doch«, sagt Anne.

»Sie verstehen sich gerade ganz gut. Hör mal, wie sie reden. Und deine Törtchen essen.«

»Ich verstehe das nicht. Wieso geht er in den Wald und gräbt dieses Loch?«

»Er hat doch gewusst, dass es hier keinen Wolf gibt.«

»Meinst du?«

»Anne …«

»Meinst du, er ist Regen geworden?«, fragt Anne.

Ich verstehe sie nicht gleich, aber dann fällt mir ein, was sie im Wald gesagt hat.

»Regen, Schnee, das ist ja letztendlich alles Wasser«, sage ich. »Jedenfalls sitzen sie jetzt in deinem Wohnzimmer und es geht ihnen gut.«

Und weil Anne sich nicht bewegt, sage ich: »Lass uns jetzt mal runtergehen.«

»Kim, wenn ich dich damals im Stich gelassen habe, tut mir das leid.«

»Ja«, sage ich.

»Ich glaube, ich habe gedacht, du wirst schon wissen, dass so etwas nichts für mich ist.«

»Ja«, sage ich. »Ich hätte es wissen können.«

»Kim«, sagt Anne. »So habe ich es nicht gemeint. Ich meine nur, wenn ich damals nach dem Studium gesagt hätte, so, ich mache jetzt ein Café auf, dafür hätte einfach niemand in meiner Familie Verständnis gehabt.«

»Aber so wie du jetzt lebst, dafür haben sie Verständnis?«

»Ich sammele meine Kräfte. Ich sammele sie für später. Für irgendetwas. Ich weiß noch nicht, was es ist. Aber so, wie es jetzt ist, bleibt es nicht, da bin ich mir ganz sicher.«

Ob sie damit auch Sebastian meint, weiß ich nicht. Es beruhigt mich, dass sie noch etwas vorhat.

»Du könntest es eigentlich so sehen, dass er dieses Loch für dich gegraben hat«, sage ich. »Weil er etwas tun wollte, das ihn mit den Leuten hier verbindet und das es dir leichter macht.«

Anne schaut aus dem Fenster.

»Lass uns runtergehen«, sagt sie nach einer Weile.

»Der Gerd bekommt jetzt Fußpflege.«

Cornelia schaut empört in die Runde.

»Ich meine, das muss man ja alles bezahlen. Der bekommt Fußpflege auf Krankenkassenkosten. Demnächst gehe ich auf Krankenkassenkosten zum Friseur.«

»Man kann froh sein, wenn man so etwas nicht braucht«, sagt Anne.

»Alle zwei Wochen kommt die Fußpflegerin. Und die Krankenkasse bezahlt. Und ich krieg noch nicht mal einen Zuschuss für meine Zähne.«

»Wenn es nötig wäre und Sie sich die Füße nicht mehr pflegen könnten, würden Sie doch auch unterstützt werden«, sagt Anne.

»Ich kann es aber noch.«

»Dann freuen Sie sich doch«, sagt Anne.

»Alle zwei Wochen Fußpflege von der Krankenkasse«, wiederholt Cornelia.

»Er wird sich die Füße eben nicht mehr machen können«, sagt Anne. »Soll man ihn einfach so liegen lassen?«

»Soll es doch seine Frau machen«, sagt Cornelia.

»Leisten Frauen nicht schon genug unbezahlte Sorgearbeit?«

Ich stoße Anne vorsichtig den Ellenbogen in die Seite.

»Jetzt lass das mal«, sage ich leise.

»Wieso? Was ist?«, fragt Anne.

Zum Glück fragt Ingrid: »Ich habe Sie neulich laufen gesehen. Bevor Ihre Freundin da war. Machen Sie das eigentlich regelmäßig?«

»Ich versuche es. Ich kann ja nur weg, wenn Sebastian da ist.«

»Haben Sie nicht genug Bewegung? So mit Haus und Kind?«

»Doch. Aber das ist ja kein Sport.«

Ingrid lächelt ein wenig spöttisch.

»Haben Sie sonst nichts zu tun?«

Anne schaut sie überrascht an.

»Doch. Aber es tut mir gut.«

»Na ja, ich gönne es Ihnen.«

Sie wendet sich Maria zu.

Anne schaut mich verblüfft an.

»Sie gönnt es mir«, flüstert sie. »Als hätte sie etwas zu gönnen.«

Ich nehme mir ein Birnentartelette und ein Himbeertörtchen.

»Zwei Stücke gleich. Sie haben aber Appetit«, sagt Ingrid.

»Siehst du, das hat System«, sagt Anne leise zu mir. »Urteilen, kommentieren und immer schön kleinhalten.«

»Paul ist weg«, sagt Emma.

Um uns herum wird es still. Wir stehen vom Tisch auf und gehen zur Terrassentür. Die Stille setzt sich durch den Raum hindurch fort. Von einem Ende des Esstisches über die Küche bis zum Sofa im Wohnzimmer. Der Gartenstuhl ist leer bis auf die Decke, die Paul zusammengefaltet und dort abgelegt hat. Auch Leila ist weg. Wir laufen zum Carport. Die vier Taschen sind fort.

»Er kann noch nicht weit gekommen sein«, sagt Peter. »Vier Taschen, hin, zurück, hin, zurück, da ist er höchstens einen Kilometer weit gekommen. Wahrscheinlich ist er zurück in den Wald gelaufen. Wenn wir jetzt aufbrechen, erwischen wir ihn auf jeden Fall.«

»Warum denn?«, fragt Anne.

»Genau, warum denn?«, fragt Sebastian.

»Wer weiß, wer das war. Wir kennen ihn doch gar nicht. Wer weiß, was er angestellt hat. Warum er da im Wald rumläuft.«

»Manchmal finde ich das gar nicht so unverständlich«, sagt Anne. »Lassen wir ihn einfach in Ruhe.«

Ich bleibe noch draußen. Ich gehe vom Carport ein Stück in den Garten. Carport ist auch so ein Wort, das ich nie mit Anne in Verbindung gebracht hätte. Ein eigenes Wort für eine Auto-Behausung. Wohnzimmer, Kinderzimmer, Carport. Ein ganz anderes Wort als Garage. Firmen werden nicht in Carports gegründet. Darin steht wirklich nur das Auto.

126

Der Wald ist jetzt schwarz. Die Wiese vor mir ist schwarz. Kühl und feucht weht die Luft herüber und ich spüre die Anwesenheit des Waldes so wie man spürt, ob ein Mensch im Raum ist, ohne ihn zu sehen. Irgendwo in diesem Schwarz ist Paul. Vielleicht sitzt er vor seinem Zelt oder schläft. Vielleicht sieht er sogar das Licht in Annes Wohnzimmer und vielleicht sieht er die hohen Kerzen in den Laternen auf der Terrasse flackern. Vielleicht hört er sogar die Stimmen und das laute Lachen und ich wüsste gern, was geschehen müsste, um ihn wieder zurückzuholen. Ich meine, so ganz wieder zurückzuholen.

Hinter mir kommt jemand. Ich weiß es, bevor ich die Schritte im Gras höre. Aus dem Wald schreit ein Kauz. Anne umarmt mich und eine Weile bleiben wir Arm in Arm stehen.

»Sebastian verteilt Birnenschnaps«, sagt Anne.

Als wir ins Wohnzimmer treten, schaut Sebastian Anne mit einem Blick an, als wolle er sagen, siehst du, es hat funktioniert. Die Nachbarn sitzen um den Esstisch herum und ich spüre die Entspannung, die eintritt, wenn Schnaps oder Whisky oder was auch immer ausgeschenkt wird. Jetzt ist alles gut, jetzt kommt nichts mehr und wir sind alle gleich.

»Ich glaube, ihr habt noch etwas zu erledigen«, sagt Anne.

Sie werden still. Michael kratzt sich am Kopf. Sie schauen Sebastian an.

»Also ich kann nicht mehr fahren«, sagt Michael.

»Ich auch nicht.«

»Muss das denn jetzt sein? Reicht nicht morgen?«, fragt Peter.

»Morgen reicht nicht. Das weißt du.«

Anne spricht nur zu Sebastian.

»Ich muss sagen, da hat sie recht.« Ingrid nickt. »Morgen reicht nicht. Wenn da wieder etwas reinfällt, bekommt ihr noch eine Anzeige wegen Wilderei.«

»Wegen Wilderei«, wiederholt Anne. »Das gibt dann richtig Ärger, und zwar ganz konkret. Nicht nur so abstrakt wie bisher, weil theoretisch ein Wolf hier herumläuft. Wir machen uns hier alle verrückt wegen irgendetwas, das gar nicht da ist, vielleicht nie kommt und selbst wenn es käme, möglicherweise nicht gefährlich ist und wahrscheinlich mehr Angst vor uns hat, als wir vor ihm. Da ist kein Wolf. Da ist nur eure Angst. Sebastian, wir reißen diesen Zaun morgen ab.«

»Das ist mal ein Mundwerk«, höre ich Cornelia raunen. »Der arme Mann.«

»Also, was ist?«, sagt Anne. »Wir sollten die ganze Geschichte hier jetzt beenden.«

In dem Moment schreit Friedrich und Anne steht da mit dem Kind auf dem Arm und Emma dicht neben ihr und weil sie sich um Friedrich kümmern muss, kann sie nicht weiterreden. Sie kann sowieso nicht gleichzeitig reden und wütend auf Sebastian sein und die ganze Sache zum Abschluss bringen und sich um ihre Kinder kümmern. Ich will ihr Friedrich abnehmen und Sebastian geht auch auf sie zu und will ihn in seinen Arm nehmen, aber sie hält ihn, als halte sie sich an ihm fest und als seien er und Emma die einzigen Menschen, die in ihren Augen nicht komplett irre sind.

»Ich fahre«, sage ich.

13

Die Straßen kommen mir noch ein bisschen enger und voller vor als sonst in Berlin. Wenn ich etwas anschauen möchte, das sich nicht bewegt, muss ich eine Fassade betrachten oder den Himmel. Dafür muss ich den Kopf in den Nacken legen. Es gibt hier keinen Horizont. Es ist schön, wieder hier zu sein. Irgendwann wird das auch vorbei sein, dass die Leute hierherkommen, die von etwas träumen und ihre Träume hier erfüllen wollen. Noch aber ist es so, jedenfalls in diesem Teil der Stadt, in dem wir wohnen, und ich bin aufgehoben in diesem Geflecht aus Wünschen und Zielen und Hoffnungen und Plänen und es kann schon sein, dass viele von ihnen untergehen werden, aber jetzt sind sie da und ich spüre dieses Geflecht wie Impulse auf meiner Haut.

Richard geht neben mir und erzählt mir das Neueste von Luna und Said und Lukas und ich sammele jedes Detail, als müsste ich lose Fäden, die mir aus den Händen geglitten waren, wieder festbinden.

»Wieso interessierst du dich so für Luna und Said und Lukas?«, fragt Richard. »Da ist nichts weiter Aufregendes geschehen.«

Und das ist genau das, was ich hören möchte. Es beruhigt mich.

In den Schaufenstern stehen weiße Stiefel aus Plastik und schwarze aus Leder. Eine Schaufensterpuppe trägt eine Hundemaske mit Ohren und einen schwarzen Slip mit silberfarbenen

Stacheln. Das Modell heißt Justin und Justin ist das Modell mit der Wölbung des Slips. Tom, der Ladenbesitzer, hat mir diese Information kurz zugeworfen, als Justin geliefert wurde und ich auf dem Gehweg warten musste. »Justin ist einfach zu lang«, hat Tom noch gesagt. Manchmal finde ich es anstrengend, immer an etwas anderes denken zu müssen, als an das eigentlich Gesagte. Im Vorbeigehen werfe ich einen Blick auf die Streckbänke, die meist im hinteren Teil des Ladens stehen, die von der Decke hängenden Lederriemen und Brustgeschirre, die schwarzen Ledermäntel. Ich betrachte die Edelstahlringe, zu groß für einen Finger. Ich lese den Schriftzug über der Eingangstür. Alles, was dem Spieltrieb dient. Manchmal vergesse ich, wie kompliziert alles sein kann, weil vieles so einfach ist.

»Ja aber hallo«, sagt jemand hinter uns. Berlin hat mehrere Millionen Einwohner und doch trifft man sich zufällig auf der Straße. Jeder hat seinen Radius, seinen kleinen Umkreis, wahrscheinlich nicht größer als der der Menschen auf dem Dorf.

»Schau mal«, sagt Jan.

Er zeigt auf eine heißrote Stelle oberhalb des Schlüsselbeins.

»Fast hätte sie mich am Hals erwischt.«

Er hält uns die Innenseite seines Arms entgegen. Zwei rote, geschwollene Stellen, in der Mitte ein heller Fleck.

»Hoffe, das entzündet sich nicht.«

Wir bewundern seine Bienenstiche.

»Bienen sind so unaggressiv«, schwärmt er. »Im Grunde ist es wie bei Hunden. Wenn etwas schiefläuft, ist der Mensch schuld. Eine Biene zum Beispiel würde dich nie von selbst einfach angreifen.«

»Muss ich mein Verhalten dann bienenentsprechend anpassen?«, frage ich. Ehrlich gesagt macht es für mich keinen Unterschied, ob ein Tier mich angreift, weil ich etwas falsch gemacht habe oder weil es angriffslustig ist.

»Du musst das Tier verstehen. Das Wesen. Bienen sind wundervoll. Durch Tanzen geben sie weiter, wie weit die nächste Pollenquelle entfernt ist«, sagt Jan. Er wackelt mit dem Hintern.

»Der nächste Aldi fünfhundert Meter.«

Die Imkercommunity ist dazu übergegangen, den Honig nach Straßen zu benennen. Bienen fliegen ungefähr in einem Radius von zwei Kilometern, die in der Motzstraße und Fuggerstraße landen wahrscheinlich so ziemlich auf denselben Balkonkästen und Verkehrsinseln, aber zwischen Schöneberg und Friedenau etwa gibt es dann schon Unterschiede.

»Null Pestizide. Null Monokultur«, sagt Jan.

Er hat auch ein Insektenhotel aufgestellt und hofft, dass sich ein paar Wildbienen zu ihm verirren.

»Das mit den Wildbienen ist total tragisch.«

Jan streicht vorsichtig über den Bienenstich an seinem Schlüsselbein.

»Die Natur kann so gemein sein. Die Mutter legt Proviant in den Nistplatz und auf diesen Proviant legt sie ein kleines Ei. Dann baut sie eine Wand und legt eine weitere Kammer an. Dort legt sie wieder Proviant bereit und darauf dann ein kleines Ei. Und immer so weiter. Bis die Röhre voll ist. Und dann stirbt die Mutter.«

Wir schweigen.

»Stellt euch das vor. Sie legt alles bereit und dann stirbt sie und sie wird nie ihre Kinder sehen und ihre Kinder nie die Mutter. Ich weiß gar nicht, ob ich so viel Einsamkeit auf meinem Balkon haben will.«

»Leben ist immer auch Einsamkeit«, sagt Richard und ich schaue ihn an, ob da ein Lachen in seinen Augen ist. Ist es aber nicht.

»Ich komme dann demnächst wegen Honig vorbei«, sage ich.

Auch das Kanpai kommt mir enger und voller vor und ich muss eine Weile auf das Bild mit den Kirschblüten schauen, weil ich dieses Gewimmel gerade so anstrengend finde.

Richard trägt ein graues T-Shirt und eine Jeans, nichts Besonderes eigentlich, aber ich mag dieses graue T-Shirt, und ich freue mich darauf, gleich mit ihm durch die Straßen und nach Hause zu gehen.

»Und dann bist du wirklich gefahren«, sagt Richard, während wir auf das Essen warten.

»Ja. Mit dem Auto ist man ja ziemlich schnell da.«

»Mit welchem Auto denn?«

»Sebastians SUV natürlich.«

Richard schüttelt den Kopf.

»Du bist wirklich mit diesen angetrunkenen Typen in den Wald gefahren.«

»Und mit Taschenlampen und vier Schaufeln hinten drin. Sebastian hatte sogar eine Stirnlampe. Mit der hat er alle geblendet. Michael hat noch gesagt, wie das denn mit der Versicherung sei, wer denn zahle, wenn ich irgendwo gegen fahre. Dass sie dafür noch Sinn hatten, fand ich bemerkenswert. Beim Auto nehme sie es ganz genau. Und sie haben auch die Stelle gleich wiedergefunden, obwohl es dunkel war.«

»Wieso ist Anne eigentlich nicht gefahren?«, fragt Richard.

»Ich war die Einzige, die nicht getrunken hatte.«

»Hatte Anne denn getrunken?«

»Sie hat mir einfach leidgetan, wie sie da mit ihren Kindern stand. So auf verlorenem Posten.«

Richard schüttelt den Kopf. Er ist nicht einverstanden mit dem, was ich erzähle.

»Sie haben dann angefangen, das Loch wieder zuzugraben. Ich habe eine Taschenlampe gehalten, Michael und Peter haben sich bei der zweiten abgewechselt. Sebastian hatte ja diese Stirnlampe, darum musste er die ganze Zeit schaufeln. Es sah ein bisschen gruselig aus, ihre Beine und der Waldboden und dieses Loch im Kegel der Taschenlampen. Es gab immer so ein scharfes Zischen, wenn sie die Schaufeln in die Erde gruben, und es roch nach frischem Holz und feuchtem Waldboden.«

Die Bedienung kommt und bringt Ingwertee. Aus dem Glas ragen zwei Zitronengrashalme. Auf dem Glasrand steckt eine Limettenscheibe.

»Und dann?«, fragt Richard.

»Michael hat ›So eine schöne Grube‹ gesagt und dass man sie mit Beton hätte ausgießen können und sie ein prima Keller geworden wäre. Gleich darauf ist er gestolpert und Peter meinte, sie dürften niemanden aus Versehen einbuddeln. Also haben sie durchgezählt. Eins. Zwei. Fünf.«

»Das fanden sie witzig?«, fragt Richard.

Ich schaue Richard an.

»Hast Du es auch witzig gefunden?«, fragt er.

Ich rühre in meinem Ingwertee.

»Als das Loch geschlossen war, haben sie mit den Schaufeln auf die Erde geklopft und den Boden mit den Füßen festgestampft. Dann sind wir durch den Wald zurück zum Auto gelaufen. Der Event war vorbei, die ganze Geschichte war vorbei. Ich habe Sebastian gefragt, ob sie wenigstens jeden Tag in der Grube nachgesehen hätten und Sebastian meinte, das sei nicht nötig gewesen, sie seien gerade erst fertig geworden.«

»Was hätten sie denn gemacht, wenn da ein Wolf dringewesen wäre?«, fragt Richard.

»Sie hätten den Wolf ein bisschen erschreckt und dann wieder freigelassen. ›Über eure eigens gebaute Leiter?‹ habe ich gefragt. ›Damit er euch, wenn er oben ist, gleich anfallen kann?‹ Und da hat Sebastian mir zugeflüstert, es gäbe keinen Wolf.«

»Wieso hat er dann diese irre Idee gehabt?«

»Das habe ich Sebastian auch gefragt. Er meinte, es habe doch funktioniert. Das Haus sei voller Nachbarn und Peter habe ihn zum Angeln eingeladen.«

»Der Typ ist wahrscheinlich völlig überarbeitet«, sagt Richard. »Dann hat man ein eingeschränktes Urteilsvermögen.«

»Oder er liebt Anne sehr«, sage ich.

»Oder er weiß einfach, wie man es macht. Es gibt Typen, die wissen einfach immer, was gerade zu tun ist. Und sie tun es auch, wenn es ihnen nützt.«

Ich schaue aus dem Fenster. Draußen laufen die Leute vorbei. Es sind immer andere Gesichter, der Strom reißt nicht ab. So viele Menschen.

»Ich könnte mich ja mal auf die Suche nach meinem Vater machen«, sage ich.

Richard sieht nicht weiter überrascht aus.

»Aufräumen ist nie verkehrt.«

»Ja. Ich glaube, ich muss das aufräumen.«

»Es kann aber sein, dass du enttäuscht bist.«

»Ja, kann sein.«

»Googele ihn doch mal. Das hast du noch nie gemacht, oder?«
Ich schüttele den Kopf.

Ich überlege, welche Variante mir lieber wäre. Mein Vater als biertrinkender Dauerfernseher oder mein Vater mit Job und Wohnung mit Balkon. Ich muss sagen, die erste Variante wäre mir lieber. Denn wenn es die zweite wäre, warum hat er mich nie angerufen?

Dann kommt unser Essen und es ist köstlich wie immer und weil gerade alle davon sprechen, probieren wir noch einen japanischen Whisky, bevor wir nach Hause gehen.

14

Aus der Wohnung über uns dringen Geräusche, wie immer, wenn unsere Nachbarin tanzt. Wenn es poltert, macht sie Drehungen auf dem Boden. Wir haben das herausgefunden, als wir uns über ihre Übungen unterhalten haben. Das Poltern sind die Drehungen auf dem Boden, wenn sie sich vom Sitzen über die Seite auf den Bauch rollt und von dort auf die andere Seite und dann mit angezogenen Beinen wieder zum Sitzen kommt. Wenn es erst einmal funktioniert, poltert es nicht mehr so, sagte sie, und leider funktioniert es immer noch nicht. Ich höre die Stimmen auf der Straße und das Aufheulen eines Motors. Aus einem Auto klingt Musik. Die Sirene eines Polizeiwagens. Und dann weiter weg das Vibrieren, die Unruhe der Stadt, die sich durch die Luft überträgt bis in unser Schlafzimmer hinein.

Nachdem ich Richard gerade kennengelernt hatte, bin ich mit einer Gruppe wandern gegangen, die sich über das Internet zusammengefunden hatte. Ich wollte nicht allein los und wusste nicht, wer sonst Lust gehabt hätte zu wandern, und mit Richard zu verreisen war einfach noch zu früh. Wir waren zu fünft und für so eine zusammengewürfelte Gruppe, bei der ja immer welche dabei sind, die man sonst nicht unbedingt treffen wollen würde, waren die Leute ganz ok. Wir sind an einer Art Bergquelle vorbeigekommen, das Wasser kommt dort direkt aus einer Felsöffnung im Berg, es sprudelt hervor und rinnt dann den Stein herab und auch oberhalb der Öffnung ist der Felsen nass und moosig und an einigen Stellen wachsen kleine Farne.

Ich trinke nur Wasser, das ich gekauft habe oder von dem ich weiß, dass es Trinkwasser ist. Man soll möglichst oben trinken, möglichst hoch und nicht, wenn die Vögel in der Mauser sind, hat Franziskas Großvater gesagt und Franziska hat gesagt, man soll es überhaupt nicht trinken, weil oberhalb vielleicht ein verendetes Tier im Wasser liegt oder eine Kuh einen Fladen hinterlassen hat.

Ich habe von diesem Wasser getrunken. Es schmeckte weich und mild. Es war anders als Mineralwasser oder Leitungswasser und überhaupt alles, was ich bis dahin getrunken hatte. Und doch schmeckte es vertraut. Es schmeckte, als gehörte es zu mir. Ich habe oft an dieses Wasser gedacht, das mir so ähnlich war. Als ich mich mit Richard getroffen habe, ganz zu Anfang, haben wir auf einer Wiese gestanden und hinter uns floss die Spree und dann fing es an zu regnen. Ich hatte in Richards Augen gesehen, was jetzt geschehen würde, und der Regen und die Spree und Richard verschwammen miteinander und überall war diese weiche milde Nässe und genauso weich und mild war dieses Wasser aus dem Berg.

Ich denke an dieses Wasser und die Welt wird klein, sie zieht sich auf den Ort zurück, an dem wir beieinander sind, wir gleiten zu einem Zentrum hin und die Straßen und die Geräusche und die Lichter werden unerheblich und so, als seien sie überhaupt nicht mehr da und zugleich wird der Raum immer weiter. Es ist eigentlich das Gegenteil von einer Flugreise. Man fliegt in die Ferne, ist eine Weile da und kommt zurück und nichts hat sich verändert. Es ist jetzt ein bisschen wie fliegen, nur andersherum, und ich trinke von diesem Wasser aus dem Berg. Quellwasser. Ich bin mir ganz nah.

Wir liegen verstreut herum. Ich schaue, wo das Fenster ist, ich weiß nicht, wie ich an diese Stelle geraten bin. Ich bleibe eine

Weile so liegen und auch Richard liegt irgendwo. Mein Bewusstsein verengt sich wieder auf die Dinge um mich herum. Das Fenster, das Bett, das Zimmer. Mir wird kalt. Ich suche mein Kopfkissen und meine Decke und auch Richard sortiert sein Kopfkissen und seine Decke. Dann liegen wir ordentlich und parallel nebeneinander, als wäre nichts gewesen und als wären wir nicht eben noch völlig verstreut gewesen.

Ich warte, dass Richard anfängt, mir etwas zu erzählen. Er fängt meistens an, irgendetwas zu erzählen, wenn ich mag, sage ich auch etwas, dann wird es eine Unterhaltung, und wenn ich nichts sage, wird es eine Geschichte. Ich höre dann seiner Stimme zu und bin in einem Zustand zwischen wach und schlafend. Richard sagt aber nichts.

»Man kann hier nirgendwo ohne Geld sitzen«, sage ich zu Richard.

»Was?«, fragt Richard.

»Du kannst hier nirgendwo einfach sein. Dich ohne Geld aufhalten.«

Richard dreht sich auf die Seite und schaut mich an.

»Im Café brauchst du Geld. In den Läden brauchst du Geld.«

»Du kannst doch in den Park gehen und dich auf eine Bank setzen. Und du kannst durch die Straßen gehen.«

»Das war es dann aber auch schon. Ich meine, ich kann ja nicht den ganzen Tag auf der Bank sitzen.«

»Könntest du aber.«

»Das meine ich nicht. Ich meine, du kannst hier nirgendwo wirklich sein ohne Geld. Es ist alles auf Geldausgeben ausgelegt. Noch nicht einmal hier in unserer Wohnung können wir ohne Geld sein. Wohnen, Essen, Kaffee, Kleidung, für alles brauchst du Geld.«

Wir liegen eine Weile nebeneinander. Dann sagt Richard: »Das hätte ich nicht gedacht, dass du so systemkritisch vom Land zurückkommst.«

Er will mich ein bisschen herausfordern, aber ich gehe nicht darauf ein. Ich meine das gerade wirklich ernst.

»Du bist da richtig gern gewesen«, sagt Richard.

»Der einzige Ort, wo man sein kann, ist der Wald. Auf der Wiese. In diesem Wald. Niemand sieht dich, niemand kann dich verjagen und kaufen kannst du nichts. Du kannst da einfach sein. Wie die Bäume und diese Himbeeren und die Sträucher. Es ist denen völlig egal, ob du da bist oder nicht.«

Richard sagt nichts und ich denke, er ist schon eingeschlafen. Dann höre ich, wie Richard sich bewegt und sich auf die Seite dreht.

»Wir können das ja auch mal machen«, sagt er.

»Was?«

»Im Wald übernachten.«

Mein Herz klopft.

»Du meinst zelten?«

»Nicht zelten. Unter freiem Himmel schlafen, meine ich.«

Ich setze mich im Bett auf.

»Und wenn Tiere kommen?«

»Was für Tiere denn? Wölfe?«

»Wildschweine.«

»Morgen überlegen wir uns was«, sagt Richard. »Eine Nacht. Wenn du möchtest.«

»Natürlich möchte ich«, sage ich. Dann liege ich lange wach.

Sonja Kettenring
Vom Krähenjungen
Roman
Gebunden, 223 Seiten
ISBN 978-3-949671-10-4
24,00 € (D) | 24,70 € (A)

»Sonja Kettenring ist mit ihrem Debüt ein düsterer Heimatroman gelungen. Die spannende Unruhe, die einen beim Lesen begleitet, löst sich erst am Ende auf, wenn Recht und Unrecht verhandelt sind.« *Buchjournal*

Ein kleines Dorf in Bayern, mit einer Bäckerei, in der es noch das gute Brot gibt und vor allem: Geschichten. Die vom See, der durch einen Sturm entstanden ist und niemals zufriert. Die vom toten Wald, der die Macht hat zu bestimmen, wer ihn finden und betreten kann. Die vom reichen Münchner, der im roten Cabrio kam und die Anna holte. Vom Tresen weg, und jeder wusste, dass daran alles falsch war. Und die von seinem Enkel Sam, dem Krähenjungen, den er als seinen Stammhalter heranzog und an dem ohnehin alles falsch war. Was aber, wenn es mehr sind als bloße Dorfgeschichten? Was, wenn mit dem Krähenjungen nun etwas zurückgekehrt ist, an das niemand glauben will und von dem doch jeder weiß, dass es da ist? Halt dich fern von dem Jungen, sagen die Dorfbewohner.
Doch was, wenn er zu dir kommt?

© Nico Tavalai

Martina Junk, geboren und aufgewachsen in Hamburg, lebt und arbeitet seit vielen Jahren unweit von Nürnberg. *Wo der Wald beginnt* ist ihr erster Roman.